Kelpie

Kelpie

Françoise Langlois

Roman

Édition : BoD – Books on Demand,
12/14 rond-point des Champs-Élysées, 75008 Paris
Impression : BoD - Books on Demand,
Norderstedt, Allemagne
Dépôt légal : Mars 2022

© Françoise Langlois 2021
ISBN : 9782322392605

Le Code de la propriété intellectuelle n'autorisant, aux termes des paragraphes 2 et 3 de l'article L. 122-5, d'une part, que les « copies ou reproductions strictement réservées à l'usage privé du copiste et non destinées à une utilisation collective » et, d'autre part, sous réserve du nom de l'auteur et de la source, que les « analyses et les courtes citations justifiées par le caractère critique, polémique, pédagogique, scientifique ou d'information », toute représentation ou reproduction intégrale ou partielle, faite sans le consentement de l'auteur ou de ses ayants droit ou ayants cause, est illicite (article L. 122-4). Cette représentation ou reproduction, par quelque procédé que ce soit, constituerait donc une contrefaçon sanctionnée par les articles L. 335-2 et suivants du Code de la propriété intellectuelle.

À mes fils Clément et Florent

Nécessairement, le hasard a beaucoup de pouvoir sur nous,
Puisque c'est par hasard que nous vivons.

Sénèque

Prologue

Juillet 1890

Le clapotis de plus en plus insistant des vagues contre la coque, imprime à la petite barque de pêcheur un mouvement désagréable. Depuis quelques instants, le vent s'est levé, gonflant dangereusement l'unique voile usée et rapiécée. Duncan Scott n'est pas téméraire, il se rend à l'évidence : renoncer à sa sortie en mer sera la décision la plus sage, même si depuis qu'il a quitté le port, deux heures auparavant, sa pêche se résume à une seule malheureuse prise.

Il jette le poisson au jeune phoque gris qui l'amuse de ses facéties depuis un bon moment. L'animal tantôt bavard, tantôt silencieux s'est chargé jusque-là de lui tenir compagnie. L'air gourmand, la bête saisit au vol sa récompense et plonge d'un mouvement fluide. Duncan lui envoie un signe d'au revoir, puis, manipulant cordages et barre avec dextérité, il entreprend de tirer des bords jusqu'à la petite crique nichée à côté de Portsoy. La manœuvre est délicate, il ne s'agit pas de manquer la passe et de perdre son embarcation sur les rochers battus par la houle. Ramant avec vigueur, en une poignée de minutes, il arrive, voile affalée. Il échoue son embarcation dans le sable de la crique, ajuste sa veste de toile huilée et court s'abriter un peu plus loin dans une cavité, au pied de la falaise.

C'est la dernière fois qu'il pêche. Vers midi, il ira chez son ami Darren qui l'emmènera, comme convenu, en carriole à quelques miles de là, en direction d'Aberdeen. Maussade, Duncan observe le ressac sans vraiment le voir. Son esprit vagabonde. Il pense à ce qu'il va quitter, et tout d'abord à Aileas, la jolie Aileas ! Ses longs cheveux tressés, ses yeux bleus au regard franc, son rire clair, son allure de fille viking, sa façon de croquer la vie sans se poser de questions. Elle n'exige rien de lui, elle n'attend rien. Lorsqu'il lui donne rendez-vous, elle le rejoint sans se faire prier, après sa journée de travail à l'auberge de ses parents. Il la culbute alors dans la paille de la grange du village. Elle se tortille sous la chatouille de ses mains et glousse d'impatience. Il goûte la chaleur animale de sa peau, la fermeté de son corps, la douceur de son souffle. Elle l'effleure d'une main légère, pétrit ses muscles, se serre contre son ventre, voluptueuse, avant de s'offrir à lui.

La fraîche simplicité d'Aileas le fatigue. Elle ne l'amuse plus. S'il s'en allait, il ne croit pas qu'il lui briserait le cœur. Non pas qu'il souhaite se montrer cruel avec elle, mais il n'a plus envie d'être avec elle. Il n'a d'ailleurs plus envie de rien ici. Le Grampian, un pays où les villages se suivent de loin en loin, linéaires, adossés à des falaises abruptes, ou bien blottis dans des anses, regardant une mer du Nord glaciale, aux reflets gris-vert, mystérieuse, inquiétante. Les hameaux tournent le dos aux Highlands plantés de « crofts », petites fermes misérables, et leurs habitants subissent les colères de la mer avec fatalisme, scrutant la ligne d'horizon qui se fond dans le plomb du ciel, comme s'ils guettaient l'arrivée d'étranges envahisseurs. Un pays qui se nourrit de pêche, d'élevage de moutons, et de croyances millénaires. La vie s'y écoule au rythme du travail, des soûleries à la taverne, des fêtes païennes sur fond de superstitions. Parfois, certains s'en vont, rejoignant la cohorte de miséreux qui convergent vers les mines du sud ou s'embarquent pour l'Amérique. Un croft de plus se délabrera, tombera en ruines dissoutes par les pluies, comme gobées par la tourbe.

Duncan se sent étranger à cet endroit, il ne possède rien, même pas cette pauvre barque dans la crique. Elle appartient au vieux Peter qui la lui prête lorsqu'il le souhaite. Rien ne le retient sur cette terre trop rude. Sans famille depuis longtemps, il se veut libre.

Devenu orphelin, Peter et sa femme Moira l'ont recueilli quand il était encore bambin. Ils se sont attachés à l'enfant.

Ils lui ont donné tout ce qu'un gosse peut souhaiter : un toit, une assiette pleine deux fois par jour, des vêtements chauds, une affection bourrue. Ils l'ont envoyé à l'école et, parce qu'il passait des heures à crayonner sur toutes les surfaces imaginables, ils lui ont même trouvé des feuilles de papier et des couleurs, payées une fortune aux colporteurs de passage.

Oui, Duncan aime la peinture plus que tout. Peut-être plus que les gens eux-mêmes... Personne ne lui a enseigné l'art de mélanger les couleurs, ni celui des perspectives ni le jeu des ombres et des reliefs. Il a tout découvert par lui-même ! À huit ans il peignait déjà des aquarelles étonnantes. Fasciné par les reproductions examinées sur les calendriers, qu'ici tout le monde se gardait bien de jeter et qui moisissaient, ficelés dans les soupentes, envoûté par les motifs ornant les boîtes à biscuits, ou les dessins imprimés dans les rares journaux qui arrivaient à l'auberge et que bien peu savaient lire, il avait peu à peu acquis toutes les techniques de base. Puis, solitaire, il avait pris l'habitude, à ses heures libres, de partir sur la lande, avec son matériel, lorsque la bruyère rosie adoucissait le sol de nuances pastel. Quant on ne le trouvait pas dans les terres, c'est qu'il était sur la falaise ou sur la grève, peignant la mer, les embarcations, les ramasseurs de coquillages à marée basse, et parfois le troupeau de vaches aux longues cornes, à frange épaisse, au pelage roux, bourru, ruminant sur le sable. Il avait l'obsession du détail et surtout la volonté de capturer la lumière, l'apprivoiser, la coucher sur le papier, pour qu'elle éblouisse, et jaillisse hors de la feuille.

Mais aujourd'hui Duncan a délaissé son attirail de peintre. Il passe une main longue et maigre dans sa chevelure noire, dégageant ses yeux clairs. Il regarde, au loin, la petite maison à un étage, blanche au toit gris, cherchant le courage nécessaire pour annoncer sa décision à ses parents adoptifs. Il n'a qu'un vague souvenir de sa mère car il est arrivé ici, depuis une ville du sud de l'Angleterre, presque bébé, enfant fardeau, traîné par une fille mère usée et sans tendresse. Elle l'a laissé seul au monde, à sept ans. Son cœur est devenu insensible et solitaire, même s'il est conscient que Peter et Moira l'ont sauvé d'une enfance à l'asile, plus cruelle encore.

Son seul ami est Darren, le fils d'un paysan un peu plus riche que les autres villageois. Le troupeau de vaches que Duncan a si souvent admiré appartient à la famille de ce gaillard. Darren fait partie des rares gosses qui ne se moquaient pas de lui lorsqu'il était écolier. Dieu sait pourquoi, il avait rapidement pris le petit bâtard sous sa protection et lui avait évité bien des ennuis. Duncan et lui ont souvent parlé de Londres. Admiratif, peut-être parce qu'il sait qu'il n'aura pas lui-même le courage de s'inventer une autre vie, Darren n'a jamais tenté de dissuader Duncan, au contraire, il lui a promis son aide le moment venu.

La pluie s'est calmée. Il déplie sa longue carcasse et se dirige à pas lents vers le village. Il s'arrête d'abord à l'auberge pour voir une dernière fois Aileas. La salle est vide à cette heure-là, pas encore ouverte aux clients. Il contourne la maison et entend la jeune fille fredonner dans la cuisine. Elle aime la musique, d'ailleurs elle chante souvent lors des fêtes, parfois elle emprunte le fiddle de son père, un violon rustique d'ici, et joue des airs entraînants ou nostalgiques, suivant son humeur... Ses parents n'apprécient pas le garçon, mais il n'y a aucun risque de les rencontrer, ils se sont rendus, dès les premières lueurs de l'aube, à la foire de Fochabers, un hameau éloigné, et ne seront pas de retour avant la fin de la journée. Il frappe doucement au carreau, Aileas, surprise, s'approche de la fenêtre, elle l'entrouvre légèrement :

— Tu arrives bien tôt, j'ai plusieurs heures de travail devant moi ! Retrouvons-nous comme d'habitude, après la fermeture...

— Non, je ne pourrai pas. Il faut que nous parlions maintenant.

— Bon, d'accord. Je vais ouvrir la salle. Nous serons tranquilles, il n'y a personne. Charmeuse, elle ajoute : personne ne verra que nous nous embrassons...

Ils s'asseyent l'un en face de l'autre. Aileas a allumé une bougie qu'elle a posée entre eux, elle va repartir chercher des chopes, mais Duncan l'en empêche.

— Assieds-toi et écoute-moi !

Elle obéit à son intonation un peu brutale.

— Je ne serai pas là ce soir. Je pars pour Londres. Je quitte Portsoy définitivement. Je ne reviendrai pas. Je t'en ai déjà parlé !

— J'espérais que ce n'étaient que des paroles en l'air...

Aileas s'est exprimée d'une voix blanche.

— Je veux apprendre l'art de la peinture et parcourir le monde. Je ne peux rien construire dans ce village. Je n'y suis pas heureux. Il y a très longtemps que j'y pense, tu le sais, ma décision est prise. Je suis venu te dire adieu.

Pendant qu'il lui parlait, l'expression d'Aileas a changé. Les larmes inondent ses joues et Duncan se rend compte qu'il ne ressent rien. Il est là, comme un étranger. À la lueur de la bougie, il voit le frais visage inondé de pleurs, les cheveux blancs à force d'être blonds, pour une fois non pas tressés, mais coiffés en une savante cascade retombant sur les épaules, il aperçoit la naissance de la poitrine généreuse dans l'échancrure du décolleté, et, à cet instant, il éprouve seulement le désir de la peindre ! Comment s'y prendrait-il pour rendre l'effet mouillé des larmes sur cette figure bouleversée, comment reproduire l'eau dans ces yeux bleu orage, comment donner l'effet gonflé de cette petite bouche rouge, comment imiter la pâleur de son teint ? Il n'a pas d'émotion, il est seulement un œil, un œil de peintre... Quant à Aileas, elle le surprend : elle s'essuie d'un revers de main et chuchote doucement, la gorge nouée :

— Je ne suis peut-être qu'une pauvre fille ignorante, mais depuis toujours je t'ai aimé. Alors que les enfants d'ici se moquaient de toi, j'étais attirée par le mystère qui t'entourait. Pendant tous ces longs mois où je croyais que nous nous aimions, je m'accommodais de tes airs farouches. Je calmais ma peur lorsque tu disais qu'un jour tu quitterais Portsoy, en voulant croire que je comptais pour toi...

Duncan est déterminé, il ne répond rien. Il sait qu'il est abrupt, mais il ne la prendra pas dans ses bras pour la consoler, il ne cherchera pas à adoucir sa peine. Il ne faiblira pas. Aileas brûlante et glacée à la fois, se sent submergée par une douleur bien plus profonde que la tristesse : le désespoir. Déçue, abandonnée, vide, elle reprend son souffle un instant, et hoche la tête comme si elle comprenait enfin une évidence.

— Je ne t'ai jamais parlé de moi, de mes goûts, j'avais peur de t'embêter, et de toute façon tu ne me posais pas de questions. Je souhaitais ton bonheur, et le mien à tes côtés, alors que je n'étais, pour toi, qu'une fille d'auberge bien arrangeante.

Elle se dresse devant lui en pointant fièrement le menton, et termine d'une voix où pointe le mépris, avant de disparaître dans l'arrière-salle :

— Je n'avais espéré que ton cœur, mais tu n'en as pas ! Tu as raison de partir, va-t-en Duncan !

Aveuglé par son égoïsme, Duncan s'est trompé sur Aileas, mais il est trop tard. Sourd à cette poignante déclaration, aussi froid et dur qu'une pierre, il rentre chez lui.

§§§

Peter entend son garçon, et il s'insurge :

— Alors, comme ça, ta décision est prise ?

— Oui, tu le sais bien, je ne t'apprends rien ! J'en ai souvent parlé ! J'ai déjà dix-neuf ans. Je ne vais pas passer ma vie ici ! Je veux aller à Londres. Voir les musées, rencontrer des maîtres, apprendre les techniques, découvrir de nouveaux sujets, apprivoiser les lignes, les formes et la lumière...

— Tu n'es pas encore un homme ! J'ai peur que tu regrettes ton choix !

Duncan soupire, indifférent, puis il regarde Peter droit dans les yeux.

— Qui peut le dire ? Je n'ai plus envie de cette routine, qu'est-ce que cet endroit m'offre d'autre que la mer, avec la pêche, le fumage des poissons et la fabrication de bateaux, où alors la carrière de marbre et la taille de serpentine ?!... Je peux faire autre chose ! Je le sais ! Je veux tenter ma chance, avoir une autre vie ! Les déplacements jusqu'à Aberdeen pour trouver du papier à dessin ou des couleurs sont une véritable expédition, et jamais je n'ai rencontré qui que ce soit pour m'enseigner l'art ! Je veux apprendre... apprendre et découvrir le monde ! Si je reste ici, je n'avancerai pas, je crèverai à petit feu...

Il esquisse un sourire :

— Je pars, mais qui sait, je reviendrai peut-être célèbre...

— En attendant, Moira sera rongée d'inquiétude ! Tu sais combien elle redoute que tu t'éloignes d'elle...

— Mais je ne pars pas à la guerre ! Je pars vivre ma vie ! Je vous donnerai des nouvelles... Je vous écrirai, promis...

Assis sur le banc devant la robuste table de bois brut, Peter insiste. Il a l'air accablé.

— Si encore tu te contentais d'Aberdeen... ou Edinburgh, ou même Glasgow, pourquoi diable faut-il que tu ailles à Londres ! ? Partir, d'autres l'ont fait avant toi, vers le Nouveau Monde, l'Australie et même le pays de Galles pour travailler dans les mines. Aucun n'est rentré, Dieu sait ce qu'ils sont devenus, et eux ne partaient pas pour dessiner !

Maintenant le père adoptif s'échauffe, il a légèrement haussé le ton, son cou se gonfle, ses pommettes sont un peu rouges, ses sourcils se froncent. Il y a de l'indignation dans son attitude. Il n'admet pas le caprice de Duncan même si quelque chose lui dit que le jeune homme n'a peut-être pas complètement tort. Ce gamin les fait tourner en bourrique. Ils ne lui ont jamais rien refusé à celui-là. Lorsqu'il a souhaité dessiner, ils l'ont laissé faire à sa guise, ils ont même consenti des sacrifices pour lui payer du matériel. Duncan n'a jamais été un garçon bavard, chaleureux ou rigolard. C'était plutôt le genre austère, têtu et indépendant mais malgré tout bon travailleur, intelligent, volontaire, on ne pouvait pas lui reprocher grand-chose, si ce n'était son ingratitude, aujourd'hui !

En réalité, l'homme usé avant l'âge n'ose pas dire ce que la pudeur l'a toujours empêché de confier : il aime ce fils bien qu'il ne soit pas de lui, il est tout autant fier de l'attitude de Duncan, qu'inquiet et malheureux.

Moira a suivi la conversation depuis la pièce d'à côté, celle qui sert d'étable à leur unique vache. Elle se dirige vers Duncan, résignée. Elle sait combien il est rebelle, elle connaît son talent et son indépendance. Ils ont discuté à plusieurs reprises de son désir de quitter Portsoy ces derniers mois. Ce matin, elle a vu son barda caché dans la paille. L'heure est venue, elle sait qu'il ne reviendra plus sur sa décision. Alors que Peter tente désespérément de le retenir avec un : « Mais pauvre fou, tu ne connais personne à Londres !... » Moira s'approche de Duncan, presse sa main entre ses doigts calleux et fixant son jeune et beau visage lui murmure : « Va mon garçon, fais comme bon te semble. »

Duncan sourit, décidément, les femmes de ce pays ne manquent pas de caractère ! Il la serre tendrement dans ses bras, renouvelle sa promesse de lui écrire et l'embrasse une dernière fois, puis il attrape son sac déposé dans l'étable et s'en va rejoindre Darren qui l'attend avec sa carriole à la sortie du village.

Première partie

1

Octobre 1890

Duncan Scott était plus seul et efflanqué que jamais. Depuis son départ de Portsoy sa vie n'avait ressemblé qu'à une très longue errance, croisant parfois la route de pauvres gens, fuyant comme lui une vie sans lendemain. Il était descendu des Highlands au gré de sa fantaisie, admirant les nombreux châteaux, certains habités, visibles seulement de loin, et d'autres en ruines, qui lui servaient de refuge durant les nuits trop fraîches. Il avait couru pour échapper aux morsures des chiens lancés à sa poursuite, lorsqu'il s'approchait trop près des fermes cachant des distilleries clandestines de whisky. Il avait contemplé la lumière sur les monts et les rivières, et rêvé devant le fameux mur d'Adrien, cette antique frontière, ouvrage de tourbe et de pierres, destinée à protéger l'Empire romain des barbares du nord. Elle serpentait à travers la campagne de manière troublante. Le spectacle serein et harmonieux qu'offrait cet édifice se fondant si bien dans la nature ressemblait à un leurre, comme si une menace, invisible, mais terrible, persistait au-delà du temps. Bien sûr, il ébaucha maints croquis sur des feuilles surchargées, où, la place manquant, il rajoutait dessin sur dessin. Ces brouillons venaient se froisser au fond d'un semblant de pochette serrée dans son maigre bagage.

Duncan n'avait vécu que de petits travaux, prêtant son aide pour une soupe ou quelques cents aux paysans lorsqu'il se trouvait à l'intérieur des terres et aux pêcheurs lorsqu'il longeait la côte. Pour économiser son maigre pécule, il s'était nourri de pommes maraudées dans les vergers et de poissons habilement pêchés dans les cours d'eau. Mais, le plus souvent, il s'était couché le ventre creux, recroquevillé sur son estomac douloureux pour étouffer ses appels, et l'esprit torturé par le souvenir d'Aileas qui s'insinuait subrepticement dans son esprit.

Pas un instant il ne regretta son choix, cependant ses pensées le ramenaient souvent vers la jeune fille. Il s'était cru blasé de sa présence, il s'était mépris sur son compte, sur son importance. Souvent il évoquait l'odeur de grand air qui imprégnait ses mèches blondes, et le léger parfum sucré de violette que la savonnette laissait sur son corps. Il revoyait sa peau blanche rosie par l'émotion aussi parfaite que la texture d'un pétale de fleur et son cou gracieux où moussaient de petits cheveux dorés échappés de sa coiffure. Il aurait aimé plonger à nouveau son regard dans ses yeux d'un extraordinaire bleu-gris. Il aurait souhaité sentir la présence discrète de celle qui l'accompagnait avec tant de respect durant les longues heures où il s'absorbait dans la réalisation d'une aquarelle. Elle s'asseyait à ses côtés et le contemplait, silencieuse, attentive, déférente... Il était l'artiste, et elle, l'adoratrice ! Il aurait voulu, encore une fois, poser sa tête sur ses genoux et qu'elle caresse son front de sa main fraîche tout en lui murmurant des paroles réconfortantes, comme elle le faisait lorsqu'il était triste et qu'il doutait de tout. Alors, pour ne pas se rendre plus malheureux encore, il repoussait ses idées mélancoliques et s'absorbait dans des réflexions plus pratiques concernant son itinéraire du lendemain...

Un matin Duncan arriva à Londres. Il n'aurait su dire le nom des quartiers parcourus. Il progressa dans les rues, les yeux écarquillés sur tout ce qui l'entourait, comme un archéologue qui fouille avec précaution des strates géologiques, rencontrant des bonheurs et des déceptions, craignant de manquer un détail, et se réjouissant à la perspective de ce qu'il allait découvrir. D'un abord champêtre, la ville se révéla vite changeante, noire, sale, pauvre et nauséabonde. Il vit des habitations de briques aux murs noircis de pollution, il respira un air épaissi par l'odeur de charbon se consumant dans les maisons tristes, vicié par la puanteur de tanneries. Il croisa le regard d'hommes, de femmes et d'enfants fatigués lui rappelant l'expression de sa mère… Puis il arriva dans des rues populaires, commerçantes, animées, avant de s'enfoncer dans des allées calmes, plantées d'arbres dissimulant des hôtels particuliers de style victorien dont les somptueuses façades blanches ou de briques ocre s'alignaient le long de carrés gazonnés, démarqués de la rue par des murets surmontés de hautes grilles fermées de portails monumentaux. Enfin, guidé par le son des cloches il aboutit à proximité de la Tamise devant le majestueux palais de Westminster et l'imposante tour de l'Horloge, Big Ben. En continuant sa route, il parvint au cœur de la ville, là où les avenues se croisaient, encombrées d'attelages luxueux, d'hommes vêtus de costumes sombres, chaussés avec élégance, de dames couvertes de fatras soyeux et froufroutants, la tête coiffée de chapeaux aussi étranges qu'inutiles.

Plus intéressé encore par les boutiques, il observa, incrédule, la vitrine d'un chocolatier de Old Bond Street regorgeant de boîtes enrubannées, puis la devanture d'acajou d'un parfumeur de Jermyn Street dans laquelle étaient exposés des objets de cristal, d'argent, d'écaille et d'ivoire. À New Oxford Street, il étouffa un ricanement devant la pompeuse boutique de James Smith and Sons, spécialisée dans la vente de parapluies. Il fut surpris par la futilité et de la préciosité de ces magasins. Demandant son chemin aux passants, il se rendit, sans plus se laisser distraire à la National Gallery près de Trafalgar Square, un édifice lourd, surmonté d'un dôme à coupole, divisé en vingt-deux salles, comprenant mille cinq cents tableaux classés par époque et par école.

Il y entra aussi respectueusement que dans un lieu saint, et passa le reste de sa journée à admirer les œuvres, sans jamais se lasser, ému aux larmes devant certaines toiles. Il commença par l'école toscane, et s'extasia devant le portrait d'un jeune homme de Botticelli, puis il enchaîna, au hasard, l'école de Sienne, la vieille école flamande, puis les différentes écoles anglaises, jusqu'à l'époque moderne avec plusieurs tableaux signés de Constable, Tuner, Millais... Il découvrit des œuvres d'artistes dont il ignorait l'existence. Comme s'il avait rencontré des divinités, sa mémoire essaya tant bien que mal d'enregistrer leurs noms. Butinant d'une œuvre à l'autre dans des pièces plus ou moins favorablement éclairées, il savoura chaque seconde écoulée en compagnie des maîtres. La visite aurait nécessité plusieurs jours, et il était très loin d'avoir fait le tour de toutes les salles lorsqu'il resta pétrifié devant « The Hay Wain » – La charrette à foin – de John Constable. Le tableau figurait une charrette délabrée traversant une rivière peu profonde sous un ciel lourd et menaçant. Deux personnages hélaient les chevaux pour les faire avancer comme si l'attelage embourbé s'était figé là, au milieu de l'eau. Sur la rive, au premier plan, à proximité d'une chaumière au toit de tuiles rouges, un petit chien semblait s'agiter en observant la scène, on aurait dit qu'il courait de long en large en aboyant des encouragements inquiets. De l'autre côté du cours d'eau, on distinguait une vieille barque échouée dans la végétation. L'onde brillait d'un reflet d'étain sombre. On devinait au loin, posés sur un relief plat, les prés et les arbres, déclinant différentes nuances de vert, de jaune, de gris, dans une vision typique de la campagne anglaise. À partir de l'instant où Duncan se trouva face à cette œuvre, le temps s'arrêta. Il n'était plus dans un musée londonien, il était dans cette campagne, avec ces gens qui menaient une lutte banale et quotidienne. Il était sur la berge, il respirait l'odeur d'herbe humide et la transpiration des chevaux. Il criait des conseils et rassurait d'une caresse le petit King Charles Spaniel blanc et brun. Ce tableau lui racontait une scène ordinaire, réelle, et pourtant, sans tricher, il la magnifiait, lui donnait une sorte de noblesse ! Le jeune homme, béat, se demandait comment une telle magie était possible...

Duncan sursauta. Quelqu'un venait de toucher son bras.

— Monsieur, vous m'entendez ? Il faut partir. Nous fermons dans cinq minutes.

— Excusez-moi ! Je n'avais pas fait attention... Je sors tout de suite.

Le gardien lui adressa un petit rictus poli. Duncan revint lentement sur ses pas, encore envoûté. Il serra un peu plus contre son flanc sa besace légère, portée en bandoulière et traversa à regret les salles désertées. Il se retrouva dans la rue, le soir, à peine sorti d'un rêve, affamé, assoiffé, désemparé, sans savoir où aller. Oubliant ce qu'il venait d'admirer, pour la première fois depuis son départ il ressentit de la peur. Peur de l'inconnu, peur de connaître l'humiliation de la mendicité, peur d'être contraint de payer sa place pour dormir sur un banc avec d'autres clochards, et d'être chassé au petit jour par les agents de ville, peur d'un danger sans nom...

Frissonnant, il releva le col de son paletot en étoffe de laine, un tweed grossier plutôt mince. Il lui aurait fallu plus que la méchante chemise en coton qu'il portait dessous, pour lutter contre le froid humide qui le pénétrait jusqu'aux os. Un brouillard de plus en plus épais s'abattait sur la ville, effaçant les contours des immeubles, voilant la silhouette des passants, absorbant le halo de lumière des réverbères, dissimulant le trafic de la chaussée, étouffant le bruit des roues sur le pavé et le hennissement des chevaux. Isolé dans cette gangue cotonneuse, il était naufragé d'une cité fantôme. Tous les magasins étaient fermés. Tout était mort. Il longeait des tombeaux, il avançait dans un cimetière ! Repoussant l'angoisse qui lui serrait la gorge, il avisa un panneau indiquant, à peine lisible dans cette brume, une pension de famille à deux rues du musée. Il palpa son maigre viatique caché dans la doublure de sa veste, c'était le moment de s'en servir ! Duncan se rendit à l'adresse, une respectable maison de style victorien. Il gravit les trois marches du perron, tira sur la cloche et poussa la porte d'entrée.

À peine s'était-il introduit, qu'il reçut de plein fouet la tiédeur du logis, le bon fumet de cuisine, la clarté pâle des appliques murales. Il reprenait pied chez les vivants ! Pourvu qu'on ne le rejette pas à la rue, il y mourrait de terreur !

Alertée par le carillon de laiton qui s'était mis à tintinnabuler à l'ouverture de la porte, une femme menue, à la chevelure presque rouge, madame Williamson, une honorable et coquette veuve, comme l'indiquait sa tenue en rucher de dentelles noires et voilettes à sequins, surgit aussitôt d'un salon ouvrant sur le couloir d'entrée et se planta derrière un court comptoir de bois ciré.

— Que puis-je pour vous, Monsieur ?

— Je souhaite une chambre pour la nuit.

— Euh, nous ne sommes pas un hôtel, mais une pension de famille. Je ne peux pas vous admettre.

La petite dame s'était exprimée d'un ton ferme et sans appel, mais elle détaillait Duncan du coin de l'œil : haute stature, accent écossais, aspect crasseux et déguenillé... rien qui ressemblât au style des gens qui fréquentaient sa pension, rien qui inspirât confiance. Son esprit acéré calculait rapidement le manque à gagner, car, d'un autre côté, les temps étaient difficiles. L'établissement n'était pas complet et la vieille tante Lily qu'on ne pouvait pas laisser à la rue prenait une place et coûtait de l'argent...

Duncan se fit implorant, il murmura presque :

— Je vous en prie, je suis fatigué, rien qu'une nuit, s'il vous plaît.

La dame rousse livrait un combat intérieur. Après tout, ce grand jeune homme n'avait pas l'air si méchant mais plutôt désorienté. Sous la saleté, on devinait un beau visage... Il devait avoir à peu près le même âge que son Harry, mort de la diphtérie, deux années plus tôt, c'était encore un gamin. Il la regardait d'un air malheureux, désespéré même. Elle se sentit mollir mais s'entêta malgré les raisons qui s'imposaient à elle pour accepter.

— Je vous dis que ce n'est pas possible !

— Il me reste bien une petite chambre et une grande avec salon, mais je ne loue jamais pour moins d'une semaine, payable d'avance, c'est mon règlement, et vous devez prendre votre collation du soir ici, enfin, vous faites comme vous voulez mais elle est comprise dans le prix qui n'est peut-être pas dans vos moyens...

Pincée, madame Williamson lui indiqua les tarifs pour chaque chambre. Duncan, décontenancé, fit un calcul rapide. S'il prenait pension ici, il dilapiderait la moitié de sa fortune, mais il était fatigué et tellement effrayé à la perspective d'une nuit dans les rues de cette capitale gigantesque, il avait perdu ses repères et se sentait vulnérable. En outre, et c'était peut-être sa part d'enfantillage, il se refusait à quitter la proximité du musée et de tous les trésors qu'il renfermait. Il acquiesça en se raclant la gorge :

— Va pour une semaine, dans la chambre simple.

La propriétaire eut un petit hochement de tête sec. Avait-elle raison d'accepter si vite, juste à cause de cette tendresse de mère en mal d'enfant qui la submergeait parfois si douloureusement ? Tapotant son chignon flamboyant, elle ajouta, acide :

— La pension est équipée d'une salle de bains avec eau chaude au robinet, c'est au 1er étage, à trois portes de votre chambre, n'hésitez pas à vous en servir avant de nous rejoindre pour le dîner ! Je vous indique le chemin. Vous voudrez bien vous dépêcher, le repas sera servi dans une demi-heure.

Après un bain chaud, le premier de sa vie dans une baignoire émaillée à pattes de lion, Duncan descendit dîner. Madame Williamson le prit sous son aile lorsqu'il apparut dans la salle à manger du plus pur style victorien.

— Je vous présente le jeune monsieur Duncan Scott qui restera parmi nous quelques jours...

Les pensionnaires étaient au nombre de cinq, six avec lui. Il y avait un couple âgé, débonnaire et très bavard – monsieur et madame Dennyson – qui prenaient toujours leurs quartiers d'hiver à Londres avant de retourner, à la belle saison, dans leur maison du pays de Galles. Une dame aux cheveux grisonnants et à l'air un peu perdu, présentée sous la simple formule de « tante Lily », monsieur Cooper, un bonhomme rougeaud négociant en soieries, et enfin monsieur Smythson, discret et courtois, rentier de son état, d'après ce que Duncan crut comprendre, plus tard, dans une discussion à demi-mot. Secondée par une jeune domestique qui se chargeait entre autres du service à table, de la cuisine, et de la blanchisserie, la patronne, qui partageait les repas avec ses hôtes, gérait son établissement de manière à la fois affable et énergique.

Heureux de cette arrivée imprévue, venue rompre la routine de leur quotidien, les pensionnaires accueillirent Duncan avec une relative bienveillance malgré la pauvreté de sa tenue. Chacun inspectait le nouvel arrivant à la dérobée tout en se persuadant que, si la prudente madame Williamson l'avait jugé digne de séjourner sous son toit, c'est qu'il présentait probablement de sérieuses références.

Habitué à la solitude totale de ces derniers mois, le jeune homme ne se montrait pas très loquace pour sa première soirée londonienne. Emprunté, il souhaitait surtout qu'on l'oubliât. Cependant la pétillante Margareth Dennyson, incapable de résister à la curiosité le dévorait du regard. Ils étaient installés autour d'une grande table ovale, Margareth, assise face à Duncan, lui demanda brusquement dans un grand sourire, tout en écarquillant ses yeux verts avec une ingénuité feinte :

— Alors monsieur Scott, parlez-nous un peu de vous... D'où venez-vous ?

Tous les regards se tournèrent vers Duncan. Pour répondre à ce redoublement d'intérêt il devait inventer une histoire, et vite ! Peu rompu à l'art du mensonge, il s'étonna lui-même de la réponse qu'il servit avec naturel :

— Je viens de Portsoy, en Écosse, un village dont vous n'avez peut-être jamais entendu parler, mais qui produit un marbre exceptionnel. Ma famille est propriétaire d'une carrière là-bas. Nous en sommes très fiers puisque, dans le passé, nous avons fourni une magnifique serpentine qui a permis de décorer certaines salles du château de Versailles, en France.

Plutôt satisfait, même si seulement une partie de sa réponse était vraie, le tumulte dans sa tête n'eut pas le temps de s'apaiser. Margareth Dennyson, obstinée, enchaînait déjà la deuxième question :

— Oh, comme c'est charmant ! Mais qu'est-ce qui vous amène à Londres aujourd'hui ?

— Je suis venu seconder un de mes oncles, propriétaire d'une grande exploitation agricole dans les Midlands. Il a fait une mauvaise chute de cheval... Puisqu'il est à présent parfaitement rétabli, je n'ai pas résisté à l'envie de visiter la capitale avant de rentrer chez moi.

L'explication semblait convenir à l'assistance. Margareth allait prolonger la torture de Duncan, mais la servante détourna son attention en apportant un plat de côtelettes de mouton accompagné d'une salade de céleri parsemée de croûtons chauds.

— Hum... Comme cette cuisine sent bon ! Une fois de plus, vous allez nous régaler, madame Williamson, votre jeune domestique possède de nombreuses qualités et entre autres celle d'être une véritable cuisinière !

Le coup de tempête était passé ! Les pensionnaires piquèrent du nez dans leurs assiettes, Duncan fut oublié et put enfin se rassasier. On leur servit du vin offert par Mr Cooper, raffinement tout à fait exceptionnel dans ce pays, du Chester et de petits biscuits parsemés de raisins secs. Duncan surprit à plusieurs reprises Mme Williamson l'observant avec scepticisme. Elle finit par lui adresser un léger hochement de tête qui semblait signifier « Je ne crois pas beaucoup à vos histoires, mais vous semblez correct, n'en parlons plus. » Il en ressentit un immense soulagement. Lorsqu'il monta se coucher le ventre plein comme cela ne lui était pas arrivé depuis des mois, les habitants de la pension, aimables, lui souhaitèrent une bonne nuit réparatrice.

Allongé dans son lit, entre des draps propres, Duncan se détendit. Le matelas de crin était agréable. Du papier fleuri appliqué sur les murs égayait la pièce, nette, saine, confortable. Même chez Peter et Moira, à Portsoy, il n'avait jamais connu un tel raffinement, encore moins lors de ces derniers mois de nomade. Alors, dans la sécurité de cette maison, il abandonna tout son réflexe d'animal aux aguets, il oublia tous ses soucis d'homme en quête de devenir. Il n'était qu'un vivant imprégné d'une sensation de fatigue et de bien-être mêlés, qui plongeait dans un profond sommeil. Pour la première fois, il sombra dans un rêve où il rejoignit Aileas. Elle lui sourit et il explosa de bonheur et de plaisir à son contact. Mais très vite elle secoua tristement la tête, agitant sa belle chevelure, se dégagea, et s'en alla sans qu'il puisse la retenir.

Il l'ignorait encore, mais dorénavant, Aileas serait son tourment.

2

Duncan se leva tôt ce matin-là, il faisait encore nuit, bien décidé à travailler. Il sortit silencieusement de la pension Williamson et se dirigea vers le quartier par lequel il avait pénétré dans la ville hier matin : l'East End. L'East End n'était pas un endroit que l'on se vantait de fréquenter. C'était le quartier de la pauvreté, des exclus, des réfugiés juifs, russes, allemands, le secteur des « sweatshops », ateliers de misère. On y trouvait des industries malsaines, des chantiers de construction navale et de fabrication de cordages. On y comptait aussi les nombreux asiles pour orphelins. De ce quartier de misère partaient et se développaient des maladies aussi terribles que le choléra. En ce lieu William Booth avait acquis la certitude de la nécessité de fonder l'Armée du Salut. C'était un endroit redouté des riches car les classes ouvrières s'y agitaient. Il arrivait que les femmes travaillant dans les manufactures d'allumettes et les hommes employés comme dockers se mettent en grève, soutenus par des syndicats, et que parfois les manifestations dégénèrent en éclats de violence.

Parvenu au petit jour sur les docks, il se présenta au bureau d'embauche occasionnelle. Le jour pointait, il était déjà un peu tard. Oui, on pouvait le prendre pour décharger la cargaison d'un bateau amarré, là-bas, au bout du quai. Il y en avait pour environ trois heures à un demi-shilling de l'heure. C'était beaucoup plus que les trois pence de l'heure qu'il percevait à la fumerie de poisson de Portsoy. Mais, pour vivre ici, ça n'était rien. Courbant le dos sous le poids des caisses qu'il emportait dans un vaste hangar, ignorant les autres dockers qui avançaient péniblement, comme lui, il fit ses comptes. Mme Williamson lui demandait trois shillings par jour, soit plus de vingt par semaine. S'il voulait prendre de véritables repas et conserver un peu d'argent pour la peinture, il lui faudrait travailler dix heures chaque jour. Et même en renonçant à la pension Williamson, il ne pouvait se contenter d'une rétribution aussi aléatoire. Pour que ses projets aboutissent, il lui fallait absolument un salaire régulier !

Éreinté, il empocha sa paye trois heures plus tard et rentra dans la première gargote à peu près décente. De sombre humeur, il n'entendait pas le brouhaha autour de lui, et les plaisanteries grasses qui fusaient au passage de la serveuse. Il fallait qu'il mange, qu'il remplisse son ventre trop longtemps privé de nourriture. Le dîner de la veille avait ouvert son estomac, réveillé son appétit de jeune homme ! Il pensa à sa mère. Est-ce qu'elle venait de cet endroit misérable ? Est-il le fils d'un de ces indigents exténués et alcooliques ? Il quitta l'East End comme s'il remontait peu à peu de l'enfer. Apercevant son reflet dans une vitrine, il eut un mouvement de recul : des vêtements sales, des chaussures éculées, il ressemblait déjà à l'un de ces nécessiteux. Alors, il avisa un grand magasin de prêt-à-porter. Conseillé par un vendeur, il acheta une chemise en coton blanc, et des chaussures de ville. Un peu plus tard, chez un fripier il dénicha une veste et un pantalon en fort bon état, qui semblaient taillés pour lui. Il hésita devant les chapeaux mais renonça à cette dépense supplémentaire. Sa nouvelle garde-robe ne ferait pas de lui un homme élégant, à la tenue recherchée, mais elle lui donnerait un air tout à fait décent et respectable. Il ne lui restait plus que cinq shillings pour toute fortune. Il passa à la pension, prit un bain, enfila ses vêtements neufs, et donna son linge sale, y compris ses effets de rechange, tout aussi miteux, à la domestique de Mme Williamson. Par un sérieux lavage, et moyennant 2 pence, elle se chargerait de leur rendre un aspect plus correct. Puis, il repartit en direction de la Royal Academy.

Lorsqu'il aperçut la façade du vénérable bâtiment, l'émotion fut encore plus intense que devant la National Gallery. Ici se trouvait la source du Savoir. Par cet auguste endroit étaient passés les plus grands, certains y avaient été élèves, puis professeurs et en étaient même devenus présidents comme John Everett Millais et Thomas Lawrence avant lui ! Le marchand d'articles de peinture d'Aberdeen lui avait raconté tout cela. Il était toujours intarissable devant l'avidité de savoir du jeune garçon. Même le grand Tuner avait fréquenté cet établissement ! Duncan se sentit découragé, pitoyable et piégé par son rêve et ses ridicules prétentions. Il n'était qu'un gosse de pauvres, juste bon à fumer le poisson et barbouiller du papier, il se voulait peintre et il ne connaissait rien à cet art ! Il ignorait même le bonheur de peindre sur une toile, trop chère pour son modeste portefeuille... Il n'osa pas franchir le porche.

Revenant sur ses pas, il s'arrêta à Regent's Park, et se laissa tomber sur un banc, la tête entre les mains. Pour la première fois depuis très, très longtemps, il eut envie de pleurer. Il n'entendit pas, venant du fond du parc, de la partie zoo, le feulement du lion ni le barrissement de l'éléphant qui lui répondaient. Il était hermétique, refermé sur lui-même. Soudain, il repensa à la vilaine serveuse du restaurant ouvrier de ce matin. Lorsqu'un des hommes avait essayé de la toucher, elle s'était esquivée en tirant la langue d'une manière obscène dans un rire fracassant. Cela ne lui avait inspiré aucune réflexion sur le moment. Mais maintenant, il repensait à Aileas et à son rêve étrange de la nuit précédente. Jamais personne ne se serait permis un tel geste envers Aileas, jamais elle n'aurait eu un comportement laid, et elle avait raison : jamais il n'avait essayé de la connaître...

Ce soir-là, lors de son retour à la pension, Mme Williamson le félicita pour son élégance. Il apprécia la compagnie des hôtes à l'heure de la « collation », et se montra moins distant mais toujours discret et évasif. Il essaya de s'intéresser à ces gens bien élevés, et se précipita pour tirer la chaise de tante Lily et lui offrir son bras lorsqu'elle se leva de table un peu chancelante. Elle le gratifia d'un sourire doux en s'appuyant sur lui. Le moins bavard fut Mr Smythson. Duncan avait le sentiment qu'il l'observait, et cela le rendait un peu nerveux. Puis il monta dans sa chambre, légèrement réconforté par cette ambiance familiale apaisante, et s'endormit avec des projets pour le lendemain.

3

Cette fois Duncan décida de tenter autre chose. Il se leva un peu plus tard, pénétra dans une épicerie et demanda à l'employée le nom des rues les plus commerçantes, puis il partit à la recherche d'un travail. Il entra dans plusieurs magasins, proposant ses services en tant que vendeur. Mais soit l'effectif était complet, soit son inexpérience et sa jeunesse jouaient en sa défaveur. Il se proposa alors comme coursier, mais il ne connaissait pas la ville, et on avait besoin d'une personne rapide, qui ne perde pas de temps dans les rues, à la recherche des clients. Il tenta sa chance pour être portier dans un hôtel de luxe, mais son accent écossais et sa taille surprenante, un mètre quatre-vingt-huit, en aurait fait un employé trop hors normes. Il se rendit à la gare, dans l'espoir d'être admis comme bagagiste : travail aléatoire et salaire de misère... Bref, la journée s'écoula sans rien lui rapporter, il avait écorné un peu plus ses maigres ressources et n'avait plus qu'un peu moins de quatre shillings en poche. Il ne pourrait pas renouveler sa pension et devrait trouver un autre lieu où dormir dès la fin de la semaine.

En fin d'après-midi, il repassa par Regent's Park, vidé, indifférent à tout. Il était tellement fatigué et déçu... Il était furieux : « Je suis battu, je n'ai que ce que je mérite, je ne serai jamais peintre ! Le rêve s'arrête ici. Oh, je ne vais pas en mourir ! Pas tout de suite... Je vais faire le docker dans East End, ou faire le pêcheur sur la côte, la seule chose que je connaisse, mais jamais je ne retournerai à Portsoy ! » Il jeta rageusement de petits cailloux dans le lac du parc sous le regard indigné des cygnes et des canards qui flottaient comme des bateaux d'enfant posés sur la surface de l'eau. Une présence à côté de lui l'interrompit dans son geste, il tourna la tête, c'était Mr Smythson.

Mr Smythson, un peu guindé, porta la main à son chapeau.

— Mais c'est notre jeune ami, Mr Duncan Scott !

Ébauchant un geste élégant, sa canne d'ébène à pommeau d'argent au bout des doigts, comme s'il allait lui ouvrir les bras pour une accolade, il ajouta :

— Vous n'aimez pas les canards ? Cette variété à col vert est pourtant très jolie, bien qu'un peu commune, je vous l'accorde... Comment allez-vous Mr Scott ?

Oubliant la politesse qui exige une réponse neutre, le jeune homme lui lança d'un ton exaspéré.

— Oh, bien sûr, tout va bien, merci ! Ne vous souciez pas de moi ! De toute façon dans quelques jours j'aurai disparu de la vie des habitants de la pension Williamson, et je n'existerai plus pour vous ! Vous l'avez bien compris : je suis un imposteur ! Mais rassurez-vous, je ne suis pas dangereux... Je ne suis qu'un bâtard élevé par un couple de gentils et pauvres vieux au fond de l'Écosse !

Le gentleman semblait imperturbable.

— Vous pouvez les remercier, ils vous ont permis d'arriver là aujourd'hui ! Ces braves gens n'ont apparemment pas brisé votre volonté farouche de vivre différemment d'eux... Si vous rentrez, nous pouvons peut-être faire le chemin ensemble...

Duncan hocha la tête de mauvaise grâce. Mr Smythson allongea la foulée de ses longues jambes maigres sur le rythme des pas de Duncan.

— Je vous ai aperçu devant la National Gallery le jour de votre arrivée, je m'y rends moi-même très souvent. Vous appréciez l'art ?

Duncan était excédé, il n'avait pas envie de parler, pas envie d'échanger des amabilités avec un inconnu, il se força pourtant.

— Oui, je m'intéresse à la peinture, c'est la raison pour laquelle je suis venu à Londres...

— Mais alors, peut-être devriez-vous prolonger votre séjour !...Vous n'avez pas encore vu tous nos musées... Il serait vraiment regrettable de partir si vite...

Duncan s'emporta, il ne voyait pas où Mr Smythson cherchait à en venir. Il le soupçonnait de jouer par cruauté avec lui.

— J'aimerais, oui ! Bien sûr j'aimerais ! Mais pour rester il faudrait que je travaille, et c'est la clef du problème ! D'ailleurs, je suis certain que vous l'avez compris depuis le début ! J'ai un rêve, mais pas un sou en poche !

Un petit sourire se dessina au coin des lèvres de Mr Smythson, une expression de malice pétillait au fond de ses yeux noisette, et transfigurait son visage habituellement sec et sévère.

— Rentrons dans cette taverne, je vous offre une pinte de bière, et vous me racontez votre rêve. Êtes-vous d'accord ?

L'établissement était calme. Ils s'installèrent près du bar. Attablés devant leurs chopes remplies de bière blonde, Duncan résuma brièvement son histoire, Smythson l'écoutait, impassible.

— J'ai peut-être une solution à vous proposer... Avez-vous tenté la manufacture de porcelaine à côté de Baker Street ?

Duncan le regarda sans répondre. Smythson continua :

— J'en connais le patron, Mr Bridge. Je pourrais vous recommander auprès de lui pour qu'il vous trouve un emploi dans ses ateliers...

Duncan le regarda, incrédule et méfiant.

— Et pourquoi feriez-vous ça ? Vous ne me connaissez même pas !

Smythson plongea son regard dans les yeux de Duncan :

— Pourquoi ? Parce qu'il y a longtemps que j'ai la chance de ne plus avoir à me battre dans la vie, et que je n'aimerais pas être dans votre situation aujourd'hui ! Je suis un humaniste. Vous m'inspirez confiance. Si vous étiez un sauvage vous ne seriez pas venu jusqu'ici pour visiter des musées. Vous n'auriez pas traversé tout le pays pour un tel projet. Vous êtes intelligent, vous apprenez vite. En vingt-quatre heures, vous vous êtes adapté aux conventions de notre petit groupe : vous avez adopté une tenue vestimentaire convenable et joué le gentleman avec tante Lily. Je suis curieux de savoir ce que vous deviendrez... Et puis pour prendre un bon départ il faut parfois un aimable coup de pouce du destin. Ne vous méprenez pas, je ne vous propose pas un pont d'or, je souhaite simplement et modestement vous aider à mettre un pied à l'étrier. Concernant le talent, ce sera à vous de faire vos preuves. Le chemin sera long et difficile, mais au moins vous pourrez être fier d'avoir essayé !

Duncan était perplexe. Il n'avait aucune compétence en matière de porcelaine. Mais Mr Smythson paraissait très déterminé. Une lueur d'espoir pointait dans son esprit.

— Je ne sais pas comment vous remercier !...

Monsieur Smythson s'amusa de sa réaction.

— Ne me remerciez pas. Je vais vous remettre une lettre de recommandation et vous irez voir Mr Bridge dès demain matin.

4

Duncan n'avait pas eu grand mal à trouver la fabrique. Il se tenait debout de l'autre côté de la rue, face à la porte cochère de l'établissement en briques rouges et regardait les allées et venues, insensible au mouvement des rares passants. Des charrettes rentraient, livrant d'étranges contenus comme de la terre blanche ou des stères de bois à l'écorce pelée. D'autres sortaient, emportant de mystérieuses caisses. À part cette valse de chargements, c'était un endroit plutôt calme. Une fumée légère et régulière s'échappait de la cheminée sur le toit du sobre bâtiment. Il prit une grande inspiration et se décida enfin à passer l'entrée.

Le premier homme rencontré, vêtu d'une blouse grise était un contremaître.

— Pardon Monsieur, je souhaite voir Mr Bridge, j'ai un pli à lui remettre.

L'homme lui lança un regard indifférent.

— Je peux lui faire passer, donne...

Par réflexe, craignant une nouvelle difficulté Duncan se contracta.

— Non, c'est personnel. Je dois lui remettre en main propre.

Le contremaître haussa les épaules, il interpella un garçon malingre d'environ quatorze ans qui traversait la cour à cet instant et lui dit d'un ton un peu sarcastique : « Ken, viens ici ! Conduis ce Lord chez Mr Bridge, vite fait et dépêche-toi de revenir, il faut monter du bois pour le poêle de mademoiselle Russel ! »

Duncan grimpa les deux étages derrière l'enfant silencieux qui l'abandonna devant une porte épaisse. Il frappa et aussitôt une voix grave lui dit d'entrer. Il pénétra dans un vaste bureau, cossu, meublé de fauteuils de cuir, de riches tentures, d'étagères saturées de livres et de guéridons en demi-lune supportant des bibelots précieux. Mr Bridge, un petit homme bedonnant à la chevelure poivre et sel, le visage encadré d'énormes favoris le regarda interrogateur.

— Que puis-je pour vous, monsieur... ?

Le jeune homme se racla la gorge.

— Je suis Duncan Scott, monsieur Bridge.

Il tendit sa missive au patron de la fabrique, qui la saisit, en ajoutant :

— Je viens vous remettre une lettre de recommandation de la part de Mr Smythson. Je cherche un emploi à Londres et il m'a dit que vous pourriez peut-être faire quelque chose pour moi...

Alors que Mr Bridge s'absorbait dans la lecture du courrier, Duncan se perdit dans la contemplation d'un presse-papiers en laiton, sur le bureau. Il s'agissait d'un compas ouvert face à une équerre, les extrémités se croisant pour ne faire qu'un seul objet en losange. Plus tard, au cours de sa vie, Duncan apprit l'existence de la franc-maçonnerie et des symboles de la corporation. Il comprit mieux encore l'intérêt de Smythson pour sa personne et mesura la chance d'avoir croisé sa route... Mr Bridge avait terminé sa lecture. Dans une attitude légèrement moins froide, il invita Duncan à s'asseoir, lui posa quelques questions sur ses compétences, sur sa volonté de s'installer à Londres, et son goût pour la peinture, puis il finit par conclure :

— Dans un premier temps je ne peux pas vous offrir plus d'un demi-shilling de l'heure, neuf heures par jour, comme manutentionnaire au rez-de-chaussée cela vous donnera le temps d'apprendre à connaître l'entreprise. Si vous donnez satisfaction, d'ici deux semaines, vous serez pris la moitié du temps comme manutentionnaire et l'autre moitié de vos journées comme apprenti dans nos ateliers. Nous verrons par la suite, suivant vos compétences, si nous vous conservons comme ouvrier. Qu'en dites-vous ?

Le cœur de Duncan battait la chamade. Non seulement il était engagé, mais il avait la perspective de ne pas rester cantonné dans un travail assommant. Tempérant sa joie, il remercia Mr Bridge. Ce dernier le gratifia d'un sourire blasé, puis il appela son secrétaire pour qu'il conduise Duncan à l'entrepôt et remette ses instructions au contremaître.

5

Février 1891

Depuis la fenêtre de sa chambre, Duncan contemplait le spectacle de la rue tout en finissant de s'habiller. Il neigeait sur Londres. Des flocons énormes tombaient sur la chaussée et les trottoirs. Des enfants chahutaient au milieu de la rue. Les passants allongeaient le pas, se pressant pour se mettre rapidement à l'abri. Il rangea hâtivement les croquis éparpillés sur le plancher dans un carton à dessin. En deux mois sa vie avait beaucoup changé. Il était toujours rongé par le désir d'apprendre à peindre et n'avait pas encore trouvé le moyen de suivre des cours, mais pour l'heure il avait un toit et mangeait à sa faim ! Installé dans un petit hôtel pauvre à quelques mètres de la manufacture, il se sentait parfaitement nanti. Bien sûr le lit grinçait, le matelas creusait, le tapis douteux s'effilochait, et les gonds de l'armoire, particulièrement capricieux, se bloquaient sans raison. Mais, par un découpage étrange de l'immeuble, sa chambre se trouvait juste au-dessus du fournil d'une boulangerie. Il régnait une chaleur douillette et bienfaisante dans la pièce ainsi chauffée par le sol, luxe inouï, contrastant avec la température glaciale et humide de la ville en hiver.

C'était ici qu'il avait fêté son premier Noël londonien. Le 25 décembre, Duncan avait débuté sa journée par une grasse matinée prolongée jusqu'aux environs de neuf heures. Puis, il était sorti admirer longuement le givre qui enserrait la moindre brindille dans un fourreau de glace et blanchissait les pelouses et les arbres de Hyde Park. Ensuite, un peu désœuvré, il était revenu sur ses pas, prévoyant de grignoter un reste de hareng fumé et de pommes de terre bouillies tout en crayonnant une scène hivernale au fusain... Il allait s'engager dans le couloir de son immeuble, lorsqu'il aperçut au bout de la rue Monsieur

Smythson venant dans sa direction, escorté d'un jeune enfant portant un lourd panier. L'homme s'arrêta à quelques mètres de Duncan. Il sortit trois pence de la poche de son manteau puis préleva une orange dans le panier, et donna le tout à l'enfant dont les yeux brillaient de plaisir. Le garçonnet s'éclipsa en gambadant, les mains solidement refermées sur les trésors qu'il venait de gagner.

Duncan s'approcha du gentleman :

— Quelle surprise ! Soyez le bienvenu Mr Smythson... Vous êtes un saint homme, toujours à vous soucier de votre prochain.

— Bonjour Duncan et... Joyeux Noël ! Voyez-vous, j'ai pris tout à l'heure une voiture pour venir jusqu'ici, puis à quelques rues de votre demeure, j'ai eu envie de marcher. C'est alors que j'ai rencontré ce gamin, il m'a proposé ses services forts à propos. Avouez que mon arrivée était beaucoup plus digne avec un serviteur sur les talons pour charrier mes victuailles que si je les avais portées moi-même !...

— Je ne parlais pas seulement du gosse...

— Alors là, vous êtes dans l'erreur ! Les pensionnaires de madame Williamson, que vous connaissez bien, déjeunaient tous à l'extérieur. J'ai lâchement fui un repas de Noël qui m'aurait coincé entre ma logeuse à l'affabilité toute commerciale et tante Lily de plus en plus perdue. C'est moi qui vous sollicite pour égayer ma journée, en espérant ne pas vous importuner ! Je souhaite partager mon repas de fête avec une personne que j'apprécie, qu'en pensez-vous ?

— J'en pense le plus grand bien ! N'étant pas grand amateur de cérémonies religieuses, les heures à venir ne présentaient aucune particularité pour moi. Je ne savais pas trop quoi faire... Je suis enchanté de votre présence pour fêter cette journée, rentrons vite nous réchauffer !

Duncan s'était empressé de conduire Smythson à sa chambrette irréprochablement rangée. Le vieux gentleman avait aussitôt déballé le contenu de sa corbeille. La dinde, encore chaude, choisie un peu plut tôt dans une rôtisserie voisine de la pension, reposait sur un lit de châtaignes au creux d'un plat en terre. Lorsque Duncan souleva le linge qui la couvrait, la pièce embauma soudain d'un parfum de festin. Monsieur Smythson avait ajouté à ce menu des toasts de pain grillé, soigneusement emballés, un pot de confiture de groseille, du fromage, deux parts de pudding, des oranges ainsi qu'une bouteille de vin d'Italie et un flacon de cognac.

Duncan montra à son ami les dessins dont il était le plus fier. Ils parlèrent d'art, de voyages, de nature, du travail à la fabrique, de la vie à Londres. Par sa présence chaleureuse, le vieil Anglais érudit offrit à Duncan le Noël le plus agréable qu'il n'ait jamais connu…

Un petit sourire aux lèvres, le jeune homme noua une écharpe de laine autour de son cou et quitta la pièce d'un pas alerte. Ce soir, il avait rendez-vous avec Mary, une jeune corsetière récemment rencontrée à la boulangerie, en bas de chez lui. Une fille simple, petite ouvrière désabusée mais jolie comme une princesse, avec une tête de poupée de porcelaine, le teint blanc, de grands yeux bleus, une bouche en bouton de rose, le visage encadré de longues boucles brunes. Une fille discrète et sans complication, comme il les aimait et avec laquelle il trompait sa solitude.

Oui, son existence changeait. Il avait un logement sûr, un travail, au moins un ami sur qui compter… Il en était encore au stade de tous les espoirs, mais il entrevoyait à présent la possibilité de transformer ses rêves en réalité. Patiemment, jour après jour, il traçait sa route, construisait son avenir. Après huit semaines chez Mr Bridge, Duncan connaissait parfaitement la manufacture et mesurait chaque jour, un peu plus, la chance qui avait mis monsieur Smythson sur son chemin. Son emploi était une source de satisfaction. Au début, il avait commencé par travailler au rez-de-chaussée, sous les ordres de Ben, le contremaître, un géant roux au cerveau un peu épais. Avec un autre manutentionnaire, Duncan s'occupait des réserves de terre de kaolin, il recoupait le bois en bûches de longueurs rigoureusement identiques, et conditionnait avec précaution la vaisselle dans des caisses garnies de paille, puis charriait ces mêmes caisses dans un coin de la réserve servant d'entrepôt. Il livrait de petites commandes, approvisionnait les ateliers en fournitures diverses, et effectuait des courses pour les employés les plus importants...

En fin de matinée, lorsque Duncan s'était acquitté de toutes ses tâches, Ben l'autorisait à circuler dans le bâtiment afin d'observer les ouvriers dans les ateliers. Au premier étage, il avait découvert plusieurs spécialités : mouleurs, sculpteurs, tourneurs et même réparateurs, il avait aussi admiré le four complexe et gigantesque, un ogre dévoreur de bois, du bouleau, exclusivement. Ce monstre qui consommait une vingtaine de stères pour une cuisson de plusieurs dizaines de pièces chauffait jusqu'à 1300 degrés et mettait plusieurs jours à refroidir... Au deuxième étage officiaient les peintres et les doreurs. Il ne dépassait jamais ce deuxième niveau, mais il savait qu'au troisième, se trouvaient les bureaux de Mr Bridge, ainsi qu'un atelier exclusivement réservé à mademoiselle Espérance Russel.

Duncan adorait se promener dans la manufacture. Il contemplait, fasciné, les ouvriers potiers concentrés sur leurs créations. D'entre leurs mains agiles, glissant en pressions sur la pâte humide, ou sous la taille de leurs outils, sortaient de grandes assiettes festonnées, des soupières bedonnantes, de gracieuses aiguières, de menues assiettes à dessert, d'imposants plats de service, et de fragiles tasses à thé... La pâleur des objets lui rappelait la couleur du pain de Moira avant qu'elle ne le mette à cuire dans le four du village. Envoûté, il regardait les objets plongés dans un bain laiteux ressortir après cuisson, brillants, glacés, parés d'un blanc virginal et d'un éclat précieux.

Comme promis par monsieur Bridge, Duncan avait rapidement débuté son initiation dans l'atelier des peintres. Ses après-midi étaient consacrés à l'apprentissage de la décoration des porcelaines. Loin de donner satisfaction dans l'art de tracer un filet parfait à main levée, il excellait, en revanche, dans la technique du poncif permettant de reproduire les contours d'un motif par un système de calque à trous et, mieux encore, on lui permettait à présent de procéder à l'étape suivante, celle de l'application de la couleur...

Lorsque Duncan passa la porte cochère, Ben était là, de mauvaise humeur.

— Ken n'est pas venu ! Je ne sais pas ce que fout ce satané gamin, quand il arrivera je vais lui flanquer mon pied aux fesses, et lui passer une bonne engueulade en plus ! Bon, Duncan, tu montes à sa place chez mademoiselle Russel, il faut charger son poêle, si son atelier n'est pas chauffé et qu'elle se plaint à Mr Bridge, je vais me faire remonter les bretelles !

Duncan chargea une hotte remplie de bois sur son dos et gravit lentement les étages.

Si la fabrique avait été une ruche, mademoiselle Espérance Russel en aurait été la reine. Artiste, avec un grand A, de la maison Bridge, son père qui avait enseigné l'art de la peinture à la Royal Academy lui avait tout appris. C'était une personne talentueuse et sa renommée dépassait les frontières. Elle recevait les clients riches et parfois nobles qui venaient la solliciter pour des commandes variées de scènes naturalistes, mythologiques ou même religieuses. Elle travaillait là, parce qu'elle le voulait bien, et son départ aurait été une perte irremplaçable pour la manufacture à laquelle ses œuvres conféraient un prestige inégalable. On n'exigeait de mademoiselle Espérance Russel ni horaires, ni rendement et on la soignait avec les égards et le respect dus aux plus grands. La trentaine légèrement dépassée, petite brunette au visage doux, d'un tempérament calme et discret, rien dans son attitude ne trahissait sa notoriété ou son statut.

Duncan toqua à la porte. Sans réponse, il pénétra dans l'atelier. Espérance rangeait sa cape sur un cintre dans une penderie en if.

— Pardonnez-moi : j'ai frappé, vous n'avez pas répondu, j'ai cru que vous n'étiez pas encore arrivée...

— Oh, je suis étourdie ! Je ne vous ai pas entendu... Le jeune Ken n'est pas là ?

— Non, il n'est pas venu aujourd'hui. Je vais allumer le poêle...

Envieux, Duncan lança un coup d'œil circulaire. La pièce était spacieuse et bien éclairée. Sur des étagères se trouvait tout un matériel de papiers, de crayons, de pinceaux, d'oxydes, de chiffons... Un peu plus loin, face à la fenêtre, couverte de croquis, était dressée une table à dessin, enfin, au centre, sur une table spacieuse un grand plat aux motifs en cours de réalisation semblait attendre qu'on s'occupât de lui. Espérance plissa les yeux en dévisageant le jeune homme tout en enfilant une blouse :

— Êtes-vous nouveau ici ? Je ne vous ai jamais vu...

— À vrai dire je suis là depuis deux mois déjà.

— Je sors si peu de mon antre ! Je ne connais pas beaucoup le personnel de la manufacture, et encore moins celui de la réserve...

Duncan eut un petit sursaut de fierté.

— Je ne passe que la moitié de mes journées en bas, le reste du temps je suis apprenti dans l'atelier de peinture.

— Ah, vraiment...

Espérance avait répondu distraitement, absorbée par le plat, sur la grande table. Elle en avait fini avec les politesses, et déjà oublié ce jeune apprenti.

Vexé Duncan ajouta :

— Vous savez, je suis capable de bien autre chose que l'application de fleurettes sur des théières !

Espérance leva un sourcil interrogateur.

— Qu'entendez-vous par là monsieur... Monsieur ?

— Monsieur Duncan Scott, mademoiselle Russel. Je suis venu à Londres pour apprendre à peindre. Je ne vis que pour ce seul objectif. Je sacrifierai tout pour y arriver, ou je mourrai ! Je sais que j'ai un long chemin à parcourir, mais j'en suis capable et je trouverai un moyen pour suivre des cours à la Royal Academy ! J'apprendrai les techniques des grands maîtres, les reliefs, les ombres, les lumières, les nuances, je percerai le secret de l'émotion !... Et à force de travail j'aborderai peut-être une nouvelle façon de traiter les couleurs. Pourquoi devrait-on forcément reproduire un paysage avec des lignes définies, pourquoi ne pas juxtaposer les pigments sans limites strictes...

Il s'était approché d'Espérance, tout vibrant d'énervement et d'excitation, on aurait dit un coq dressé sur ses griffes.

Espérance eut un geste irrité de la main.

— Calmez-vous monsieur Scott. Je vous en prie... La passion vous emporte, vous avez l'air d'un dément !

Espérance n'était pas si effrayée, mais juste indignée de ce manque de respect pour les règles de courtoisie élémentaire. Elle était aussi très intriguée par les propos de ce ténébreux jeune homme. Puisqu'il s'était tu, penaud, elle reprit sèchement :

— Avez-vous seulement une preuve de votre prétendu talent ?

— Oui, j'ai chez moi quelques études au fusain, des pastels, des aquarelles...

— Très bien, ce sera certainement suffisant. Demain, lorsque vous apporterez le bois de chauffage, vous me les présenterez. Je vous dirai, moi, si vous avez raison de vous entêter, si vous êtes à la hauteur de vos prétentions !

Maintenant, sortez, j'ai du travail !

6

Avril 1910

Caen, « la ville aux cent clochers », était toujours pour Duncan une source d'émerveillement. Chaque fois qu'il passait la Manche, il aimait y séjourner quelque temps et reprendre ses habitudes dans un petit hôtel coquet, l'hôtel des Églantines, qui ne ressemblait pas à un palace mais dont l'ambiance familiale lui rappelait son passage à la pension Williamson. D'une façon générale, il adorait l'atmosphère des hôtels, et lorsqu'il séjournait à Londres, il lui plaisait de s'installer pour quelques semaines dans un établissement luxueux où l'on s'appliquait à anticiper chacun de ses désirs et où l'on connaissait et respectait chacun de ses usages. Le reste du temps, il vivait dans la campagne d'Oxford où il avait acquis un élégant cottage. Une bâtisse percée de grandes fenêtres en bow-window laissant entrer des flots de lumière dans chacune des pièces. Au fond du jardin, il s'était fait construire un atelier, en grande partie vitré, comme une serre. À la belle saison, la température y était douce, et la clarté exceptionnelle lui permettait de peindre dans les meilleures conditions possibles. Cette demeure était son sanctuaire, il n'y recevait jamais personne. Il se contentait de la présence du jardinier, une fois par semaine, et de la bonne à tout faire, quatre heures par jour, pour échanger quelques amabilités quand il n'était pas de trop sombre humeur.

Il avait découvert la ville de Caen lors d'un premier voyage à Paris, puis il y était revenu alors qu'il se rendait à Venise, sur les traces de Turner, et une autre fois encore lors d'un déplacement en Hollande pour admirer Rembrandt, maître de la lumière... Caen représentait, pour lui, une étape incontournable, le préambule à tout déplacement sur le continent. Il en affectionnait les ruelles anciennes, les hôtels particuliers datant de la Renaissance, la tour médiévale du port, ainsi que les très anciennes abbayes. Cette ville grouillante d'animation et si différente de Londres représentait une transition, comme un pas vers l'exotisme. Barbizon serait cette fois le but de son voyage. L'endroit jouissait d'une grande notoriété, et, bien que le style de Duncan soit empreint de l'école préraphaéliste, il n'y avait rien d'étonnant qu'un artiste de renom, comme lui, souhaitât connaître les lieux dont les innombrables qualités faisaient l'unanimité auprès des plus grands. Son matériel l'avait précédé, et c'est avec plaisir qu'il retrouva sa chambre dont les fenêtres donnaient sur un jardin gazonné.

Il quitta ses chaussures, fabriquées sur mesure chez John Lobb à St James's Street, avant de s'allonger sur le lit. Qui aurait imaginé que le petit bâtard de Portsoy se chausserait un jour chez le même bottier que le prince de Galles ! Il poussa un soupir de satisfaction en se remémorant ses débuts. Le jour où il avait montré son travail à Espérance Russel, elle était restée silencieuse un long moment, feuilletant encore et encore le lot d'esquisses et d'aquarelles, puis elle l'avait fixé de ses grands yeux noirs, une expression soupçonneuse dans le regard. : « Vous avez réalisé ceci sans avoir jamais suivi le moindre cours ? » Prudent, Duncan avait opiné de la tête.

« C'est intéressant... mais... vous avez encore énormément à apprendre... »

La gorge nouée, il avait répondu « J'en suis conscient, et je ne demande pas mieux ! » Elle l'avait congédié, conservant les dessins et l'invitant à revenir le lendemain. Ensuite tout s'était enchaîné avec facilité. Espérance lui avait présenté son père qui consentait à le faire travailler trois soirs par semaine, après ses journées à la manufacture, dans une pièce de la vaste demeure du professeur.

Édouard Russel, un petit homme aux cheveux blancs, au regard perçant peu amène, coincé dans un fauteuil roulant avec un éternel plaid couvrant et réchauffant ses jambes mortes était économe de paroles, sauf lorsqu'il s'agissait de peinture. Quand il parlait d'art ses yeux brûlaient d'un feu particulier : il retrouvait sa jeunesse, la passion l'emportait. Duncan avait appris l'humilité avec son professeur. Le vieil homme, avare de compliments l'obligeait à se surpasser, le poussait dans ses retranchements, le provoquait par des critiques agressives. Il lui enseignait la maîtrise des volumes, des ellipses, le jeu avec la ligne d'horizon, la perspective frontale, oblique, aérienne, curviligne, inverse, les plans inclinés ou élevés, les reflets, les ombres, les superpositions. Il contraignait le jeune homme à recommencer quatre ou cinq fois le dessin de la même statuette sous des éclairages différents, il l'entraînait à l'étude des drapés sur des sujets aussi peu exaltants qu'un oreiller froissé. Les séances fastidieuses ne venaient pas à bout de la passion de Duncan. Ils avaient ensuite abordé les techniques du fusain, de l'aquarelle et pour terminer la peinture à l'huile avec les subtilités de couleurs vives et de couleurs éteintes... Le jeune homme, pugnace, ne se décourageait pas, refoulant sa hâte mais pas sa frénésie. Il travaillait sans relâche, et à tout moment se surprenait fouillant, décomposant, recomposant, analysant la moindre parcelle de vision que son œil lui transmettait. L'enseignant et l'élève ne s'aimaient pas beaucoup, mais ils avaient besoin l'un de l'autre pour continuer d'avancer dans la vie, chacun à sa manière. Ils apprirent à se connaître et à se respecter, jusqu'au jour où Russel décida de présenter Scott à ses confrères de la Royal Academy.

L'ascension de Duncan s'était poursuivie de façon fulgurante. Abandonnant la recherche de la lumière absolue, oubliant ses prétentions d'approche moderne, l'impressionnisme, pour exceller dans un genre plus classique : le préraphaélisme, quête constante de la perfection et du réalisme. Devenu un artiste reconnu, inspiré par Millais, Rossetti, Hunt, il vivait fort bien de son art. Son style respectait certains critères du préraphaélisme, comme les couleurs lumineuses, l'esthétique, cette volonté de toucher le spectateur au plus profond de son âme afin que l'œuvre n'interpelle pas seulement l'œil, mais aussi l'être tout entier. Cependant, le style de Duncan Scott s'était un peu éloigné de celui de ses maîtres. Il mêlait l'atmosphère de l'école italienne et de l'école anglaise. Ses personnages étaient plus sensuels, voluptueux, moins rigides. Son style avait fait de lui un artiste à part, incomparable et recherché.

Finalement la vie avait été généreuse avec lui, émaillée chaque fois de bonnes rencontres au bon moment. Peter et Moira l'avaient sauvé une première fois, puis monsieur Smythson et enfin Espérance et Édouard Russel... Et lui, qu'avait-il donné en retour ? Rien ! Il n'était jamais retourné à Portsoy, se contentant d'écrire une lettre de temps en temps à Peter et Moira. Après une dizaine d'années, Darren, son ami d'enfance, avec lequel il entretenait une maigre correspondance, lui avait appris leur décès à quelques semaines d'intervalle. Même s'il l'appréciait énormément, Duncan avait peu à peu espacé ses visites auprès de monsieur Smythson pour finir par oublier totalement le gentleman. Puis il avait gâché son amitié avec Espérance : devenue sa maîtresse, elle avait trop souffert de l'égoïsme du jeune homme, lassée, elle l'avait quitté et persistait depuis à l'éviter. C'était comme si Duncan cherchait systématiquement à détruire les liens qui le reliaient aux personnes susceptibles de l'aimer.

À trente-neuf ans il était seul. Aisé, il fréquentait des gens huppés, connaissait les bonnes manières, mais n'avait pas d'amis. Le temps n'altérait pas son charme, il entraînait facilement dans son lit ses modèles ou les épouses de ses relations, pour des histoires sans lendemain. Solitaire, son cœur n'était pas désert pour autant. Aileas l'occupait tout entier. Il ne s'écoulait pas une semaine sans qu'il pense à elle ou qu'il rêve d'elle. Sans jamais chercher à la revoir, ni même demander de ses nouvelles, il l'avait gardée intacte dans sa mémoire comme une divinité. Pas une des femmes de sa connaissance ne pouvait soutenir la comparaison avec Aileas. Aucune n'était aussi douce, sensuelle, fraîche, gaie, ni mystérieuse qu'Aileas. Il aimait à se souvenir d'elle, dans sa simplicité, telle qu'elle lui était apparue pour la dernière fois. Les plus belles toilettes des plus grands couturiers n'auraient pas pu l'embellir davantage. Sa beauté restait la pureté incarnée, quant à sa personnalité profonde, elle demeurait une énigme, car, comme elle le lui avait reproché, jamais il n'avait essayé de la connaître... Parfois, il croyait l'apercevoir au détour d'une rue, et son cœur affolé tambourinait dans sa poitrine. Comment aurait-il agi si la jeune femme avait ressurgi dans sa vie ? D'ailleurs, le souhaitait-il vraiment ? Aileas était devenue le grain de folie de Duncan, ce n'était pas un amour impossible perdu à tout jamais, Duncan était incapable d'éprouver un tel sentiment pour une personne réelle, mais simplement une idée, un phantasme. Son souvenir subsistait, mélange de drogue bienfaisante et terrible poison, l'évoquer le rendait heureux et le faisait souffrir à la fois.

Il secoua la tête pour chasser la mélancolie qui le gagnait. Constatant que l'intégralité de son matériel était bien là, soigneusement rangée, dans un coin de la pièce, et qu'on y avait adjoint une toile sur cadre de bonne taille, selon ses instructions, il ébaucha une mimique de contentement et décida de préparer son travail. Personne ne savait mieux apprêter le support que Duncan Scott. Pour faire disparaître le grain des fibres de lin, il les enduisait d'une sorte de craie, le « gesso ». Cette méthode, très répandue à la Renaissance donnait une surface parfaitement lisse et limitait l'absorption de la peinture par le tissu. On avait, à présent, tendance à abandonner cette préparation pour utiliser le relief des fibres comme partie intégrante de l'œuvre. Mais Duncan restait très attaché à cette pratique, sa marque de fabrique, qui nécessitait plusieurs heures de préparation, de séchage et de polissage renouvelés avant qu'il n'obtienne le résultat voulu. Alors seulement, par coquetterie d'artiste, il gravait une première signature, un minuscule petit symbole qui n'appartenait qu'à lui, de la pointe d'un stylet en haut à gauche de la toile, et il pouvait commencer son travail. Puis il retournait l'œuvre achevée et signée, et du bout d'un très, très fin pinceau, il inscrivait de sa belle écriture penchée, le nom du tableau.

Duncan disposait de tout son temps, il se sentait inspiré. Il allait réaliser une œuvre unique. Lorsque le tableau serait terminé, il le laisserait en dépôt à l'hôtel des Églantines et le récupérerait à son retour de Barbizon. Il en avait souvent imaginé le thème et se sentait prêt à le réaliser : « La Kelpie »! Personnage mythique des légendes écossaises, une créature extrêmement dangereuse, vivant aux abords des rivières et des lochs... La Kelpie qui se présentait sous l'apparence d'une femme splendide avait le pouvoir de se métamorphoser en un extraordinaire cheval. Elle séduisait les hommes, les incitait à chevaucher sur son dos, puis elle s'enfuyait au galop, et les cavaliers malchanceux ne parvenaient plus à descendre de leur monture. Elle entraînait alors les malheureux pris au piège dans les flots pour les noyer... Cette histoire était-elle une mise en garde sur le génie des femmes pour ensorceler les hommes depuis la création du monde ? Symbolisait-elle la ruse, la puissance, ou bien les sacrifices extrêmes à consentir afin d'atteindre le bonheur ?... La légende disait qu'on pouvait capturer une Kelpie si on parvenait à lui passer un lien autour du cou, et à l'éloigner de l'eau pour toujours... Duncan avait décidé de peindre une Kelpie dans sa version humaine, elle aurait les traits d'Aileas, beauté et mystère réunis.

7

« How do you do Mr Scott ? »

Duncan éclata de rire, l'accent de sa logeuse le mettait en joie, mais son français n'était guère meilleur.

— Madame Martin, faites-moi l'honneur de voir mon dernier œuvre. Je suis très, très heureux de moi !...

— Oh, mais très volontiers ! Je serais flattée d'avoir la primeur !

Madame Martin était effectivement très curieuse de voir le travail de son client. En fait, elle brûlait d'impatience car il avait rigoureusement interdit que quiconque pénètre dans sa chambre durant les dix derniers jours, et elle n'ignorait pas qu'il était une célébrité...

— Very happy Mr Scott, very well !

Duncan se remit à rire :

— Je besoin prendre un peu l'air... Je sortir un moment, marcher au bord de l'Orne. Quand revenir, nous buvons champagne pour fêter ça, et votre époux se joindre à nous !

Ce fut au tour de madame Martin d'éclater de rire :

— Volontiers, Mr Scott ! Mais M. Martin est parti ce matin pour Paris. Je me ferai cependant un plaisir de célébrer votre chef-d'œuvre avec vous, au petit salon, disons vers huit heures ?

— Parfaitement, well, very well ! À tout à l'heure, madame Martin !

Elle le regarda s'éloigner depuis les fenêtres du salon. Il était extrêmement élégant avec son long manteau de laine enfilé par-dessus un costume trois-pièces, son chapeau noir, ses gants de chevreau, sa moustache soignée, et son épingle de cravate en forme d'épée incrustée de diamants et de saphirs, tellement anglais ! Son cœur battait en secret pour ce beau et riche artiste. Elle s'était renseignée sur lui, savait qu'il était une personnalité et côtoyait le grand monde. Elle avait quarante et un an, à peu près le même âge que lui. Il était séduisant, encore jeune, alors que pour une dame ce n'était pas pareil, les années ne comptaient pas de la même façon... Oh, bien sûr, Mathilde Martin était toujours une jolie femme, bien en chair, il arrivait encore que les hommes se retournent sur son passage, mais moins qu'autrefois... Il lui arrivait de rêver de folies avec cet étranger : il réalisait un portrait d'elle, cheveux défaits, épaules dénudées. Il arrangeait une mèche folle sur son front, du bout de ses longs doigts fins, se penchait sur elle, encore plus près, et l'embrassait à perdre haleine. Il susurrait à son oreille les mots qu'elle voulait entendre, lui disait combien elle était désirable et comme il souhaitait la posséder, et elle fondait, désarmée, incapable de lui résister...

Mathilde était lasse des infidélités de son époux, mais en femme respectable, elle se contentait de le tromper en pensées et ses pensées l'amenaient immanquablement dans les bras de Duncan Scott. À force de se raconter des histoires, elle avait fini par y croire un peu. Elle s'était offert un manuel sur Londres, un guide dans lequel elle avait appris les formules de base lui permettant d'échanger quelques bribes de conversation avec son hôte. Elle y avait lu que la cuisine d'Outre-manche ne pouvait rivaliser avec la cuisine française et s'appliquait donc à préparer elle-même, pour Monsieur Scott, les mets les plus raffinés. Elle connaissait à présent les grandes lignes de l'histoire d'Angleterre, et tous les monuments dignes d'intérêt de la capitale sans les avoir visités. Elle avait d'ailleurs vu le nom de Scott cité parmi ceux d'autres peintres prestigieux exposés à la National Gallery. Elle s'imprégnait de ce pays, comme si elle avait dû s'y rendre, ou comme si en bonne compagne, elle s'était initiée à la culture du pays d'origine de son conjoint. Même ses choix de lecture étaient orientés : Charles Dickens, Mary Shelley, sans oublier Stevenson, écossais lui aussi... Bref, Mathilde Martin était, sinon amoureuse, envoûtée par un personnage probablement beaucoup moins attachant qu'elle n'imaginait, et telle une esclave, elle aurait fait n'importe quoi pour lui plaire. Aussi, lorsqu'elle avait reçu la demande de réservation de Mr Scott, rédigée par un interprète, qui réclamait d'avoir à disposition une toile d'environ cinquante par soixante centimètres, elle s'était chargée elle-même de l'achat. Choisissant avec soin la meilleure matière tendue sur le meilleur cadre, elle s'était autorisée à rêver, pourquoi pas, qu'il réaliserait peut-être son portrait. Elle cherchait une logique à son obsession, et se persuadait que Scott n'était pas indifférent à ses charmes, sinon, pourquoi aurait-il persisté à s'installer dans un hôtel aussi insignifiant que Les Églantines ?

Duncan partit dans une longue promenade au bord de l'eau. En réalisant cette peinture, il éprouvait la satisfaction d'avoir exorcisé un démon, brisé un sortilège ! S'était-il libéré d'Aileas, ou avait-il libéré la Kelpie ? Enfin parvenu au sommet de toutes les représentations connues de cette créature ambiguë, il se sentait bien, revigoré, la tête pleine de projets. Un homme neuf ! Il désirait tourner la page, tenter l'approche d'autres choses. L'école de Barbizon renouvellerait sa créativité, lui ouvrirait d'autres pistes...

Lorsque Duncan rentra à l'hôtel, un léger crachin s'abattait sur la ville. Il frissonna, l'air froid et humide s'insinuait dans la fibre de sa peau. Mathilde Martin avait préparé le champagne, dissimulant son émoi, elle l'attendait impatiemment. Ils trinquèrent tous les deux en bavardant assis sur le canapé du petit salon.

— Si vous voulez bien, madame Martin, l'heure est venue d'admirer ma Kelpie !

— Votre quoi ?

— Je pas trouver mots ce soir, expliquer légende vous demain.

Duncan était un peu éméché mais il avait toujours aussi froid. Il était pressé de se réfugier dans son lit.

Ils pénétrèrent dans la chambre, et Duncan retira solennellement le drap qui cachait le tableau. Il avait ordonné à la logeuse de se tenir deux pas en arrière. Elle demeura interdite devant la peinture avant de s'exclamer sincèrement émue : « Oh, beautiful ! Beautiful !... » Elle s'approcha, subjuguée, pour voir les détails de plus près. La Kelpie de Duncan Scott, nue, sans être impudique, revêtait l'aspect de la femme qui le hantait depuis toutes ces années : elle en avait sa blondeur, ses seins ronds, le galbe des épaules, l'émouvante courbure des hanches, la cambrure du dos, les longues jambes aux cuisses fuselées. Légèrement appuyée contre un rocher de granit clair, elle observait, songeuse, l'eau limpide qu'un faible courant entraînait par endroits en un léger tourbillon. Une luxuriante et pourtant aérienne végétation se reflétait et encadrait la scène. Mathilde ne se lassait pas d'admirer l'œuvre, elle n'était pas déçue que cette toile n'eût pas été réservée à son propre portrait. Elle était plutôt touchée de la confiance que lui accordait le peintre en faisant d'elle la première personne autorisée à la contempler. Elle s'approcha soudain un peu plus, observant les coins de la toile :

— Mais, vous avez oublié de le signer !

— Non ! Pas oublié ! Je pas savoir si être bien de signer... Kelpie est Kelpie ! Pas Duncan Scott ! Do you understand ? Kelpie c'est la tentation, le danger et le plaisir réunis ! Kelpie être des sensations et des sentiments très, très forts, violents même ! Je pas mettre mon nom sur ce personnage...

— Je comprends. Mais il faut bien que les gens qui verront ce tableau sachent qu'il est de vous !

— It is not very important ! C'est un tableau pour moi tout seul, je garde toujours avec moi seul !

Les bras croisés sur la poitrine, Mathilde hocha la tête d'un air sceptique.

— Dans tous les cas je vous félicite, j'espère que vous ne partirez pas avant le retour de mon époux, j'aimerais qu'il puisse le voir. Je ne pourrais pas lui expliquer avec des mots...

— Merci de votre amabilité madame Martin. Je être fatigué, beaucoup... vouloir dormir maintenant.

— Excusez-moi, je vous laisse.

Elle resserra son châle sur ses épaules.

— L'air est frais, votre chauffage est chargé de boulets de charbon, vous n'avez qu'à l'allumer et dans quelques instants il fera bon dans la chambre.

Après quelques politesses encore, Mathilde Martin, hésitante, se retira.

Duncan alluma le poêle de fonte, observa un instant sa gueule rougeoyante, puis s'allongea entre les draps sous l'épaisse couverture. Il sombra dans un état de semi-conscience. Tenant son corps recroquevillé sur lui-même, il ressentait peu à peu une douce tiédeur le gagner. Il songea avec nostalgie à la magnificence des Highlands, puis à la créature qu'il venait de réaliser et dont il ignorait à présent si elle était un être magique métamorphosé en Aileas ou inversement une Aileas transformée en redoutable ensorceleuse. Puis il s'endormit tout à fait en pensant que la réponse était un mystère, puisque dorénavant, sur le tableau, les deux personnages n'en faisaient plus qu'un seul et qu'à la façon des sirènes, perdre la vie entraîné dans le sillage de l'une ou de l'autre constituerait un bonheur suprême.

Ce que tout le monde dans l'hôtel ignorait, c'est que la saison froide tirait à sa fin, et que le conduit de cheminée qui avait fonctionné tout l'hiver était très encrassé, même partiellement obstrué. Le monoxyde de carbone s'insinua dans la pièce, dans les poumons, le sang et le cerveau de Duncan Scott, son sommeil se transforma en un profond coma, sous les yeux indifférents de sa créature, qui trônait au milieu de la chambre, posée sur un chevalet.

Vers dix heures du matin, la logeuse monta voir si tout allait bien. La porte n'était pas fermée à clef. Lorsqu'elle aperçut le peintre étendu, les yeux ouverts, aussi raide qu'un gisant de marbre, elle comprit qu'il était mort. Réprimant un petit cri d'effroi elle resta pétrifiée au milieu de la chambre durant une bonne minute. Ses yeux se portèrent alors sur la Kelpie... Madame Martin n'était pas une personne malhonnête, toute sa vie durant, elle avait observé un comportement respectable en tous points. Elle prit pourtant ce jour-là une décision brutale dont elle eut honte en secret à tout jamais et qui l'embarrassa jusqu'à la fin de ses jours : elle saisit le tableau, dont elle était seule à connaître l'existence, pour le cacher en une poignée de secondes dans ses appartements. Puis elle revint dans la chambre et appela au secours.

Les policiers trouvèrent sans difficulté les causes du décès de Duncan Scott. Sans famille pour le réclamer, le rapatriement du corps en Angleterre était exclu. Les autorités décidèrent son inhumation, sobrement, à Caen. Une société de peintres s'inquiéta tout de même de la récupération d'œuvres éventuelles. On leur répondit que l'artiste s'était beaucoup reposé et qu'il n'avait pas utilisé son matériel, l'enquête s'arrêta là – affaire classée. L'hôtel fut provisoirement fermé, jusqu'à ce que toutes les cheminées soient nettoyées et contrôlées, ce qui porta un coup dur à ses propriétaires. Mme Martin avait dissimulé « La Kelpie » au fond de sa penderie, un endroit où son époux ne venait jamais. Caché sous un drap, à l'abri de la lumière et des regards, le tableau n'existait pour personne, sauf pour celle qui l'avait volé et qui n'osait plus le regarder.

8

Avril 1910

Edmond Barnier essuya une larme de bonheur. Il tenait dans ses grosses mains un petit paquet de linge, au milieu duquel un bébé rougeaud et vagissant gigotait avec vigueur. Il lança un regard plein de reconnaissance à son épouse, pâle, les traits défaits, allongée sur son lit de souffrance. L'accouchement avait été long et difficile. Le médecin pronostiquait qu'il n'y aurait probablement pas d'autre enfant. Peu importait, Edmond l'attendait tellement celui-ci, il ne l'espérait plus ! Rien n'aurait pu ternir sa joie...

— Ma douce Huguette, vous m'avez donné le plus beau des cadeaux ! Avez-vous vu comme notre fille est jolie !

Huguette lui lança un regard peu amène, comme si elle était fâchée contre lui.

— Il faudrait que vous songiez à déclarer cette enfant... pour le prénom, faites comme vous voudrez... Elle referma les yeux d'un air douloureux, comme si le simple fait de parler l'épuisait. Edmond ne se départit pas de son sourire et de sa bonne humeur.

— Elle est si rose et si mignonne ! Ses petits pieds sont si parfaits, et ses mains, avez-vous vu ses mains ! Oh ! Elle essaie de téter son poing avec sa petite bouche ! Il chuchota, effleurant presque le bébé de sa grosse moustache :

— Je sais ! Nous allons t'appeler Rose, Rose Barnier...

Délicatement, il remit le petit paquet à l'infirmière, déposa un baiser sur le front d'Huguette et partit précipitamment au service de l'état civil de Caen déclarer la naissance de sa petite merveille. Le chemin pour se rendre à la mairie passait devant l'hôtel des Églantines. Parce qu'il était tout à son nouveau bonheur, Edmond ne prêta pas grande attention aux volets fermés, ni à la voiture du ramoneur arrêtée dans le parc minuscule, pas plus qu'aux deux policiers en uniforme qui discutaient sur le perron avec un couple entre deux âges, à la mine consternée.

Une fois les formalités remplies, Edmond s'arrêta à sa banque. Il se présenta au comptoir de marbre, l'employé le reconnut aussitôt.

— Bonjour monsieur Barnier, que puis-je pour vous ?

Edmond lut mentalement l'affiche, qu'il connaissait par cœur, placardée sur le mur : « Prêter à la Russie, c'est prêter à la France ! »

— Je voudrais consulter l'un des directeurs qui s'occupent habituellement de mes comptes.

L'employé le fit patienter quelques instants puis il l'accompagna jusqu'à un vaste bureau. Le banquier, légèrement obséquieux, se leva pour saluer son client.

— Asseyez-vous, monsieur Barnier. Que me vaut le plaisir de votre visite ?

Edmond s'installa dans le fauteuil qu'on lui avait désigné, adoptant un air profondément sérieux.

— Je suis devenu père de famille aujourd'hui... Le papa d'une petite Rose... C'est une nouvelle responsabilité. J'ai placé énormément d'argent dans les emprunts russes de chemin de fer et dans la société Prowodnik pour la production de gutta-percha et la télégraphie. Je souhaite me défaire des actions Prowodnik.

— Tout d'abord, monsieur Barnier, je vous félicite, pour cet heureux événement ! Tous mes vœux vous accompagnent. Votre enfant a beaucoup de chance de voir le jour dans une famille aussi prospère et estimée. Votre entreprise connaît un bel essor, dorénavant, vous savez à qui transmettre ce respectable patrimoine...

— Tout à fait monsieur Guilloux ! J'aime mon métier, mais à présent ma motivation est décuplée... Je rêve de laisser un empire à ma fille et mes futurs petits-enfants !

— Concernant vos actions, je me permettrais simplement de souligner, mais vous n'êtes pas sans le savoir, que les emprunts russes sont performants et d'une grande sécurité.

— Oui, je n'ai pas eu à me plaindre jusque-là. Mais, j'ai lu récemment que l'Allemagne avait des craintes quant à la solvabilité de la Russie. Il faut bien se rendre à l'évidence : même si ce pays connaît un essor extraordinaire, la population s'y agite et perpètre régulièrement de nouveaux attentats. Les décisions du tsar Nicolas II ne sont pas toujours très avisées... J'ai bien réfléchi, c'est décidé, je limite les risques en conservant l'emprunt des chemins de fer, mais je vous demande de vendre les actions Prowodnik et de me trouver un bon petit placement, dans une société américaine par exemple, ça, c'est un pays d'avenir !

Le banquier singea une légère moue d'approbation.

— Comme vous voulez, monsieur Barnier. Je fais le nécessaire dès aujourd'hui pour la vente de vos actions et nous nous revoyons demain à la même heure. Je vous soumettrai un dossier complet de placements judicieux à réaliser dans des sociétés américaines. Cela vous convient-il ?

— Tout à fait, je compte sur vous, demain, même heure.

Edmond se retira satisfait, débarrassé d'une démarche rébarbative. Avec ce détour par la banque, il avait accompli un premier acte important et responsable pour sa progéniture. C'était une des premières joies que lui offrait cet enfant. Il n'agissait plus pour lui-même ou pour son couple, mais pour sa descendance ! Il s'était contenu dans le bureau du financier, à présent, alors qu'il cheminait en direction de son entreprise d'imprimerie, l'euphorie le submergeait une nouvelle fois. Certes ce n'était pas un garçon, cependant il pouvait toujours espérer que la petite reprendrait l'entreprise, ou qu'elle s'allierait avec un gentil gendre du métier... dans l'immédiat il fallait s'occuper des faire-part de naissance et demander à la bonne de trouver un ramoneur avant l'arrivée d'Huguette et de Rose, car il venait de faire le rapprochement entre ce qu'il avait distraitement aperçu tout à l'heure, et ce qu'il avait lu ce matin dans le journal : trois jours plus tôt, on avait découvert un peintre anglais mort asphyxié, dans sa chambre d'hôtel, à cause d'une cheminée mal entretenue. Comment une horreur pareille pouvait-elle se produire ? Cet artiste à l'avenir prometteur, décédé encore jeune, avait-il eu le temps d'accomplir les vœux les plus chers de sa vie d'homme ? Il secoua la tête, navré pour cet inconnu. Dans tous les cas, un drame semblable n'arriverait pas dans sa maison !

Alors qu'Edmond entrevoyait son avenir radieux, Mathilde Martin se torturait, rongée de remords et d'inquiétude. Elle restait en apparence calme et maîtresse d'elle-même, ses yeux secs ne trahissaient ni son angoisse ni son chagrin. Son époux, pour une fois très présent, prenait la situation en main, endossait les responsabilités, gérait la situation avec sang-froid, soutenait sa femme dans l'épreuve. Pourtant, en son for intérieur, Mathilde pleurait de tout son être la disparition du bel Anglais qu'elle ne reverrait jamais plus. Elle se remémorait les derniers instants partagés, à la fois dérisoires et tragiques. Elle ne pouvait en parler à personne. À qui aurait-elle pu se confier ? Ses filles ? Deux jeunesses d'à peine plus de vingt ans, déjà mariées... Non, elles auraient été bien incapables de comprendre leur mère ! Mathilde était devenue, de force, héritière d'une œuvre qui ne lui était pas destinée, et qui encombrait sa bonne conscience bien au-delà de ce qu'elle aurait pu imaginer.

9

26 octobre 1929

Appuyé contre sa nouvelle voiture stationnée devant l'institution parisienne où Rose étudiait, Edmond attendait l'heure de la sortie. Il était assez fier de la surprise qu'il allait lui faire. Il venait de s'offrir une conduite intérieure de ville : la nouvelle Hupmobile 8 cylindres. « Sa ligne moderne et son confort intime très prononcés sont la parfaite expression des tendances actuelles... » Pouvait-on lire dans la publicité. Il imaginait déjà l'étonnement de sa fille. Quand il venait la chercher à Paris, par le train, elle lui faisait souvent comprendre combien elle mourait d'envie de monter dans un de ces engins et même de les piloter ! Rose était gentille mais un peu singulière, d'un tempérament vif et enjoué mais sans exigence particulière, elle aimait l'isolement, la liberté... Alors son père donnait toujours tout pour la satisfaire et voir un sourire sur son visage. Cet achat de 100 500 francs n'était sans doute pas très raisonnable vu la conjoncture, mais les affaires n'allaient pas si mal pour Edmond, bien qu'il ait commis une grave erreur en conservant les actions des chemins de fer russes. Depuis, par le décret de 1918 les bolcheviques désavouaient la dette de la Russie. Les chances d'Edmond pour récupérer ses avoirs, soit plus de la moitié de son capital, devenaient très faibles... Un éclair de clairvoyance quant aux dangers des placements en bourse avait pourtant permis d'éviter un désastre plus grand encore : en se débarrassant de ses actions américaines en 1926 et en achetant trois appartements dans le 16e arrondissement de Paris il avait réalisé un excellent investissement. Depuis deux jours le krach boursier outre-Atlantique faisait la une des journaux, les Barnier avaient échappé à la ruine, on pouvait dire qu'ils s'en tiraient très bien.

Edmond aperçut la silhouette de sa fille venant à sa rencontre, vraiment mignonne sa « Loulette », avec sa robe droite cachant à peine ses genoux et sa coupe de cheveux à la garçonne. Petite, des yeux noisette, un peu trop ronde pour les critères de beauté en vigueur, mais malgré tout charmante... Il faisait très beau pour la saison et Rose s'était contentée d'enfiler un léger manteau de jersey, ouvert sur une robe de soie tubulaire à taille basse, où dansait un long sautoir d'argent. Pour parfaire sa tenue Rose avait enfoncé sur sa tête un amusant chapeau cloche en feutre, elle était très plaisante à regarder.

La jeune fille posa sa valise par terre et se jeta dans les bras de son père avec un rire silencieux. Il la serra contre lui, puis tint son visage entre ses mains et articula doucement :

— Ma petite Loulette, c'est une chance que tes trois professeurs soient absents en même temps ! Je t'ai préparé une semaine de rêve : musées, cinémas, et restaurants parisiens au programme. Nous retournerons voir ce film de Charlie Chaplin qui te fait rire, « La ruée vers l'or », et le dernier film de ton actrice préférée, Gloria Swanson, et aussi « La maison du bourreau » de John Ford, et puis nous irons jouer au golf ! J'ai apporté tes clubs...

Il s'écarta un peu tout en continuant à lui faire face, et désigna la voiture.

— Nous roulerons aussi dans la campagne et je te laisserai conduire ce petit bijou qui t'appartiendra dès que tu auras le permis !

Rose passa de la perplexité à une grande agitation, elle se mit à battre des mains avec une expression aussi parlante que les acteurs des films muets qu'elle aimait tant. Puis de ses doigts agiles elle se mit à dessiner des mots à toute vitesse. Edmond sourit, et lui répondit avec ses grosses mains par signes maladroits.

— Pas si vite, ma Loulette ! Je ne suis pas aussi fort que toi dans ta langue ! Je n'arrive pas à te suivre !

Rose était atteinte de surdité sévère. Elle pouvait entendre certains sons comme ceux d'une voix forte, mais ne distinguait pas les mots. Tout d'abord sa mère l'avait cru attardée car au lieu de babiller ses premiers mots, l'enfant se contentait de désigner les objets du doigt. Plus tard, une fois l'infirmité décelée, Huguette, qui n'était guère maternelle, s'était totalement détournée de l'enfant, reprochant le handicap à son mari : « Ce mal ne peut venir que d'une hérédité de la famille Barnier ! » se plaisait-elle à répéter en pinçant ses lèvres dans une attitude de mépris. Elle avait dès lors refusé tout effort de communication avec sa fille, « Il est hors de question que je m'exprime en faisant des singeries ridicules, elle n'a qu'à lire sur les lèvres... » Excédée par les petits sons incontrôlés qu'émettait sa fille, elle la corrigeait chaque fois qu'elle l'entendait, d'une tape sur les mains, Rose avait appris à maîtriser sa gorge, ainsi, en plus d'être sourde, elle était devenue parfaitement muette. Honteuse de la différence de cette enfant, Huguette refusait souvent de l'emmener dans la famille ou chez des amis, et trouvait toujours un prétexte pour l'éloigner lorsqu'elle recevait du monde. Il fallait toute l'autorité d'Edmond pour imposer sa fille. Ce dernier, quant à lui, avait saisi le problème à bras le corps ; courant les spécialistes de renom ; cherchant les meilleurs professeurs particuliers ; assistant aux leçons de sa fille pour être à même de dialoguer avec elle ; dépensant sa fortune et son énergie pour qu'elle progresse. Lorsque Rose avait atteint ses quatorze ans, il l'avait placée dans une institution, à Paris, afin qu'elle puisse s'épanouir, rencontrer des jeunes gens et aller le plus loin possible dans ses études. Il était très malheureux de ce drame, mais il n'en aimait pas moins sa petite Loulette qui lui manquait terriblement. En revanche, même s'il vivait sous le même toit, Huguette était devenue pour lui une parfaite étrangère, une femme méchante, acariâtre et rancunière, qu'il tenait éloignée de ses affaires. Il souhaitait l'oublier complètement lorsqu'il retrouvait sa fille. D'ailleurs, Rose ne lui demandait jamais de ses nouvelles.

Edmond déposa la valise sur la banquette arrière et Loulette s'installa dans la voiture, à la place du passager, radieuse. Aucun son ne parvint à ses oreilles lorsque l'Hupmobile démarra, et cela lui était parfaitement égal. Elle ne ressentait pas de manque et n'était pas certaine d'avoir envie de connaître le « bruit » un jour. En revanche, les vibrations de la machine lui parlaient, parcourant son corps agréablement. Et puis il y avait ces petits hoquets, ces tressautements, et ces coups de frein qui vous faisaient basculer brusquement vers l'avant, et qui rappelaient un peu les sensations éprouvées dans les manèges de fêtes foraines. Et cette impression vertigineuse de glisser sur un tapis roulant, en regardant défiler le paysage, lorsque le véhicule pouvait dévorer la route sans obstacle pour le ralentir, rien n'était plus magique ! La voiture s'inséra sans difficulté dans la circulation et les Barnier, père et fille, entamèrent leur semaine de vacances improvisées.

10

Mai 1936

Rose stoppa avec satisfaction sa Chenard-Walcker décapotable dernier modèle à côté d'une Lincoln 1928 un peu fatiguée. Incollable en matière de voitures, elle avait reconnu celle-ci. Ce véhicule appartenait à Pierre Lantier, un gentil garçon de bonne famille, journaliste, qui la courtisait depuis qu'ils s'étaient rencontrés sur le green. Elle glissa hors de son siège, jeta un coup d'œil à son reflet, dans les chromes étincelants des phares, rajusta son chapeau, contourna l'imposante machine, saisit son matériel, et se dirigea en direction du terrain de golf de La Boulie, un air malicieux sur le visage. Il était touchant ce garçon, toujours aux petits soins avec elle ; dans dix minutes, il l'aurait repérée, et serait à ses pieds, tel un chevalier servant... Bientôt, elle n'en ferait qu'une bouchée ! Une pensée l'assombrit un instant : son pauvre papa n'aurait pas apprécié qu'elle se conduise aussi mal ! Il était mort deux ans auparavant, laissant un vide immense dans sa vie et dans son cœur. Rose ne serait plus jamais la Loulette de personne. Elle connaissait la sonorité de ce nom, à sa façon, à la manière dont bougeait la moustache de son père, au-dessus de ses lèvres, tour à tour arrondies, puis étirées, dans une sorte de sourire, la langue collée au palais. Il fallait bien reconnaître qu'elle se comportait depuis son décès sans grande moralité. Elle jouait de ses charmes et les amants se succédaient dans sa vie, sans qu'elle en éprouvât le moindre remords. Elle s'étourdissait au volant d'engins toujours plus puissants, dépensait la fortune des Barnier sans compter, en futilités. Elle abandonnait sa mère percluse d'arthrite, seule dans la grande maison de Caen. Une bonne punition pour cette garce qui ne l'avait pas volé, pensait-elle... En semaine, elle assistait bénévolement l'enseignant des enfants de la petite section d'une école pour sourds et muets, c'était un travail gratifiant. Et puis qu'aurait-elle pu faire d'autre ? La diablesse qu'elle était se transformait alors en ange compréhensif, patient et cajoleur adoré des petits.

Les dimanches du mois de mai à Versailles étaient, selon elle, les plus agréables pour s'adonner à son sport favori. Rose décida de s'échauffer un peu sur le practice avant d'entamer le parcours. Excellente joueuse, la jeune femme conservait chez elle, dans son appartement parisien, tout un assortiment de petites cuillères en argent, trophées réservés aux vainqueurs de la médaille du mois, ainsi que de vieilles cartes de scores de parties inoubliables. Après des années d'entraînement sa posture était parfaite, son swing irréprochable... Elle le savait, et à défaut d'entendre les clameurs du public, elle adorait sentir le regard admiratif des spectateurs, posés sur elle, lors des tournois, lorsqu'elle réussissait un coup particulièrement difficile. Le milieu du golf lui convenait parfaitement : il exigeait souvent silence et concentration, son talent, sa grâce et son élégance faisaient le reste. Elle était acceptée, et même recherchée, malgré sa différence...

Pierre vint à elle en boitillant :

— Rose, je suis si malheureux ! Je me suis fait une stupide entorse en glissant dans l'herbe humide ce matin. J'espère ne pas vous décevoir... Je vous laisse à votre partie, surtout, prenez votre temps ! Je vous attendrai aussi longtemps qu'il faudra au club house. Rejoignez-moi là-bas lorsque vous aurez terminé, et nous irons dîner où vous voudrez... J'ai mes jumelles, je pourrai au moins suivre le début de votre parcours...

Rose hocha la tête, souriante. Elle pensait : « Je l'avais parié, dix minutes ! Pas plus de dix minutes avant qu'il soit à mes pieds ! Le pauvre, il est vraiment touchant ce garçon ! Et comme il s'applique pour articuler, il essaie même le langage des mains... c'est n'importe quoi, mais vraiment courageux... Je me demande ce que pensent ses amis de s'amouracher ainsi d'une fille comme moi ! » C'était sans doute la méchante petite « voix » d'Huguette qui résonnait en elle lorsqu'elle était aussi dure... Elle fit signe qu'elle avait compris, qu'il n'avait pas à s'inquiéter, déposa un léger baiser sur sa joue rasée de frais, et se dirigea vers le terrain. Elle avait un peu de mal à le reconnaître, mais Pierre était différent des autres hommes. Il ne la traitait pas comme une poupée étrange à qui le handicap aurait conféré une part de mystère. Il s'intéressait à ses goûts, discutait, même si c'était compliqué, de ses opinions, la félicitait pour ses grandes connaissances en matière d'art, d'histoire et de littérature. Sans se l'avouer, elle avait peur qu'il se désintéresse d'elle et préférait jouer les frivoles pour éviter une chute trop rude.

Rose n'était pas le moins du monde contrariée de jouer seule. Le golf ouvrait à la méditation, elle était bien, légère. Respirant à pleins poumons, elle s'enivra de l'odeur d'herbe fraîche. Elle enfonça le tee entre les brins de gazon, posa sa balle par-dessus, ajusta sa position, puis, après quelques instants de concentration, la projeta avec une force et une précision inouïe. La balle s'envola au-dessus du fairway, plana un instant au-dessus d'un bosquet de rosiers croulant de fleurs énormes et parfumées, avant de retomber à quelques centimètres du trou. Encore un ou deux coups, et elle serait hors de portée de vue de son soupirant... Les joueurs avaient de l'avance sur elle, elle était tout à fait isolée, encore un swing, puis un autre... La jeune femme avançait, tirant son caddie lourdement chargé de toute une série de clubs, lorsqu'elle se pétrifia soudainement : une biche suivie de son faon, dépassant à peine la lisière du bois, broutait l'herbe grasse. Elle envia les ravissants animaux, la femelle restait vigilante. Ses oreilles remuaient sans cesse, et elle allongeait démesurément le cou, tendue, en quête d'un bruit annonçant un danger imminent, le museau fouillant l'effluve de l'air. Brusquement la biche repéra Rose, statufiée, à une cinquantaine de mètres de là. La bête se figea, le souffle suspendu, l'œil fixe, le museau humide, et une fraction de seconde plus tard, elle émit un aboiement affolé, la tête rejetée en arrière, dans un mouvement bref, avant de disparaître dans les taillis, son petit bondissant maladroitement à ses côtés. La jeune femme se sentit brutalement émue aux larmes, triste, différente. Même dans le règne animal, il était à la fois si vital et si facile de communiquer, alors que pour elle tout était compliqué. Elle errait dans un monde auquel elle n'appartenait pas tout à fait. Elle pouvait bien fanfaronner avec ses belles toilettes, ses bijoux coûteux, ses voitures luxueuses ; elle pouvait jouer de ses charmes et affoler les hommes ; elle était condamnée à rôder à la frontière d'un monde qui ne la reconnaîtrait jamais tout à fait ! Elle abandonna le jeu et rejoignit le club house.

11

Rose pénétra dans le hall dont elle aimait habituellement l'ambiance feutrée. Mais elle ne s'attarda pas devant les vitrines remplies de médailles, de trophées, de balles autographiées et d'antiques matériels dignes d'un musée. Elle n'adressa pas, non plus, de clin d'œil aux photos de champions comme elle le faisait toujours, par espièglerie. Longeant les boiseries d'acajou, elle se dirigea vers le bar éclairé de lumières tamisées, où Pierre sirotait une bière, calé sur un haut tabouret, en lisant le journal. Sortant un petit calepin qu'elle conservait toujours dans sa poche elle écrivit nerveusement : « Débrouille-toi pour faire ramener ta Lincoln à Paris par tes amis. Je t'attends à ma voiture. Je n'ai pas envie de rencontrer des gens aujourd'hui. Je veux juste être avec toi. Nous allons nous amuser tous les deux ! Je te le promets... » Pierre la regarda quitter la pièce, ébahi et intrigué par tant d'autorité. Elle ne lui avait pas laissé le temps de répondre, mais il n'avait certainement pas l'intention de refuser !

Ils roulèrent à une vitesse vertigineuse sur les routes de campagne. Rose refoulait sa mélancolie en conduisant sauvagement son coupé sport. Elle possédait un sens inné de la conduite, n'avait pas besoin de compte-tours, ni d'entendre le chant du moteur. Elle savait d'instinct à quel moment changer de vitesse, juste en suivant le dessin de la route. Ils arrivèrent à Paris en début d'après-midi. Elle rangea sa voiture au bas d'un immeuble haussmannien et entraîna Pierre jusqu'à son immense appartement. Elle remplit un seau de glaçons, sortit des verres et une bouteille de champagne puis nota sur un bout de papier : « Sers-nous à boire, je reviens... » Rose disparut dans la salle de bains un long moment, pendant lequel Pierre eut tout le loisir d'admirer la décoration et l'ameublement luxueux. Il y avait des lampes signées Émile Gallé, des vases Tiffany, des émaux rares, des meubles laqués, un ours polaire en raku aux lignes épurées, aussi gros qu'un labrador, des canapés et des fauteuils de cuir, couleur crème, conçus par des créateurs en vogue... L'ensemble respirait l'aisance, l'originalité et le bon goût. Le jeune homme s'arrêta, interdit, devant un tableau signé Duncan Scott, intitulé « Nuit d'été ». Jusque-là, il avait contemplé le travail de cet artiste uniquement dans les expositions consacrées aux préraphaélistes. L'œuvre figurait une adorable créature, vêtue d'une mousseline légère, bras et jambes nus, les cheveux piqués de fleurs. Elle observait avec ravissement des lucioles posées dans l'herbe. La luminosité des insectes éclairait subtilement les traits du personnage penché sur eux. Envoûtante, cette peinture évoquait la sensualité, la douceur de l'été, l'exquise fraîcheur de la nuit et de la jeunesse... Pierre resta un moment songeur, surpris et ému.

Rose le rejoignit quelques minutes plus tard, vêtue d'un déshabillé de satin gris perle, très fluide, qui semblait ruisseler sur ses formes comme une coulée de mercure. Fixant le jeune homme droit dans les yeux, elle porta la coupe de champagne à ses lèvres puis elle l'entraîna dans sa chambre à coucher. Rose était une épicurienne. Elle n'avait pas d'ouïe, mais tous ses autres sens étaient décuplés. Toujours à l'écoute de ses sensations, de son plaisir elle aimait manger, boire, observer, toucher, sentir. Rose possédait une sensibilité et une imagination exacerbées... Sensuelle, elle faisait l'amour insatiablement, déstabilisant ses partenaires à force de caresses, d'exigences et d'acrobaties, tour à tour douce puis furie, elle les surprenait par sa liberté.

Les amants assoupis se réveillèrent alors que la nuit tombait. Rose s'étira. Elle se leva complètement nue, et revint auprès de Pierre, un verre de champagne encore frais dans chaque main. Elle but une gorgée et s'allongea, roulée dans le drap. Pierre vida sa coupe, puis s'appuyant sur son avant-bras, il approcha son visage de celui de

Rose, et la couvrit de baisers. « Je voudrais passer le reste de ma vie allongé à côté de toi dans ce lit, à compter tes fossettes, et à user mes mains sur ton corps à force de caresses... Comme je t'aime, ma petite fée ! Tu n'es pas humaine, c'est impossible qu'une personne telle que toi existe pour de bon, tu es surnaturelle ! Je sais... tu n'es pas une fée, tu es une princesse victime d'un terrible maléfice ! Un jour une méchante sorcière t'a jeté un sort, te privant d'entendre les sons de ce monde et surtout la voix de ton amoureux. Je trouverai un moyen, il doit y en avoir un... Je ferai tout pour te délivrer ! » Rose émit un petit soupir et ferma les yeux sous les câlineries du jeune homme. « Quel idiot ! se dit-elle Encore un soupirant qui me veut différente ! » Gagnée par la colère, elle attrapa un carnet et un crayon sur le chevet, elle écrivit fébrilement : « Parler, parler, parler... les flots de paroles noient ce qui est important ! Les conversations de politesse n'ont pas d'intérêt, les médisances non plus ! Ceux qui entendent passent leur temps à parler sans écouter ! Rassure-toi, je survis très bien sans ça ! Je n'entends pas, mais je ne suis ni seule, ni stupide... Ma compagnie c'est la lecture, l'art, l'évasion en automobile, le golf, les amants et l'affection des enfants dont je m'occupe... Il ne manque rien ! Je suis plus attentive au monde, plus ouverte que vous tous, les bavards, qui mettez des mots sur tout ! Tu veux me rendre l'ouïe pour mieux m'enchaîner ! Pour me modeler en personne dite normale ! C'est non ! On m'a fait tenter trop de choses inutiles lorsque j'étais enfant... Désolée pour mon imperfection ! Je vais prendre un bain, lorsque j'aurai fini j'espère que tu seras parti... »

Rose pleura longtemps, noyée de désespoir, assise sur le carrelage froid, le dos appuyé contre la baignoire, sa tête pesante de chagrin soutenue par ses genoux. Lorsqu'elle ressortit Pierre n'était plus là. Il avait laissé un papier en évidence sur les oreillers : « Je ne te crois pas ! Nous savons tous les deux que tu souhaites le contraire... Je n'abandonnerai pas ! » Rose sourit à travers ses larmes.

12

Mai 1940

En lisant le panneau indicateur qui annonçait Caen, Rose poussa un soupir de soulagement. L'essence était rare. Elle avait usé de ses relations pour obtenir le plein du réservoir et trois jerricanes de plus, mais elle avait cru ne jamais parvenir à destination. L'aiguille de la jauge oscillait de manière inquiétante. Les Allemands arrivaient et tout le monde fuyait Paris. Elle avait croisé d'interminables files de fantômes, hommes, femmes, enfants, vieillards, hagards, avançant péniblement le long des routes, fuyant la capitale, à la recherche d'un endroit plus sûr. Elle avait évité leurs regards, n'osant porter secours à ces femmes qui gesticulaient, épuisées, brandissant parfois un bébé, au passage de la voiture. Oui, elle était plutôt bien lotie par rapport à eux, mais comme elle avait peur ! Et comme elle était seule !

Pénétrant dans la ville étrangement calme, elle passa devant l'hôtel des Églantines, vieillot mais propret. Rose avait toujours connu cet établissement avec ses façades bien blanches, ses volets repeints chaque année, sa pelouse soignée, enjolivée de massifs fleuris. La patronne, Mme Martin qui devait avoir dans les soixante-dix ans bien sonnés, se trouvait à l'entrée. Coiffée et vêtue avec soin, elle vidait le contenu de la boîte à lettres, un rituel auquel la dame refusait de déroger, sous peine de sombrer dans la panique, avant même l'arrivée de l'ennemi. La vieille femme leva la tête au passage du véhicule, et adressa un sourire et un signe de la main à sa conductrice. Il n'y avait déjà pas tant de voitures, alors en période de guerre... Rose, un instant rassérénée par ce petit geste qui ressemblait à une manifestation de bienvenue, respira à fond et continua sa route en direction de la maison familiale.

Madame Martin s'installa sur un banc au soleil et jeta un coup d'œil aux gros titres du journal récupéré à l'instant. Le monde était devenu fou. Les petites erreurs des parcours individuels semblaient bien dérisoires... Comme souvent, elle repensa au tableau volé. Que pesait son geste comparé à une armée assassine en marche à travers l'Europe ? Depuis trente ans elle se fustigeait pour son acte, et pourtant nul n'en avait pâti, elle n'avait rien détruit, rien enlevé à quiconque. La seule personne à avoir souffert c'était elle-même ! Lorsqu'elle y repensait, la mort de monsieur Scott était un drame autrement plus terrible que la dissimulation de son dernier chef-d'œuvre ! La tragédie s'était facilement estompée dans l'esprit de M. Martin, en revanche, son épouse vivait toujours avec le difficile poids de la culpabilité. Pourtant, l'enquête avait abouti à un non-lieu, les gérants de l'hôtel n'ayant pas commis la moindre négligence. La cheminée ramonée moins d'un an auparavant s'était encrassée à une vitesse inexplicable, peut-être que la faute incombait à la mauvaise qualité du charbon... Cependant, détail plus troublant encore, une fois l'établissement intégralement vérifié, les experts n'avaient constaté aucun problème de ce genre dans les autres pièces.

Mathilde Martin avait fait disparaître la Kelpie. Un jour, après elle, dans dix ans, dans cent ans, cette peinture renaîtrait au monde... Depuis au moins une quinzaine d'années elle n'avait pas contemplé la dernière œuvre de Duncan Scott. Raillerie du destin, Mathilde n'avait jamais profité de ce personnage voulu pour elle seule et qui symbolisait à ses yeux l'expression d'une liberté insolente. Après l'avoir entourée d'une bonne épaisseur de feutre, elle l'avait glissée dans une jolie mallette de bois, agrémentée d'une poignée de laiton, contenant autrefois une collection de bouteilles de vin, cadeau d'un représentant. Elle, qui avait toujours haï les escapades régulières de son mari aux quatre coins du pays, sachant pertinemment qu'elles servaient de prétexte à débauches organisées, s'était mise à les souhaiter. Chaque fois qu'il s'absentait elle montait discrètement quelques briques et du plâtre dans sa chambre. Ainsi, elle avait édifié peu à peu, à l'intérieur de sa penderie, une seconde cloison, derrière laquelle reposait désormais le tableau dans son sarcophage de bois.

Rose heurta Clarisse, la domestique, en pénétrant dans la maison. Cette dernière réprima un cri de surprise. L'envahisseur était en marche. Chacun avait les nerfs à fleur de peau. L'employée, venue préparer la maison pour l'arrivée de Rose, ne s'attendait pas à voir mademoiselle Barnier arriver de si bonne heure. Elles s'étreignirent mutuellement durant un bref instant, puis Clarisse empoigna l'une des deux valises et précéda la jeune femme dans l'escalier qui menait aux chambres. La demeure était mortellement calme depuis le décès d'Huguette.

Blême, le souffle court, Rose s'assit sur son lit. Dans un pâle sourire, elle adressa un signe de remerciement à Clarisse qui se retira aussitôt. Rose était seule au monde. La vie ne lui avait pas donné de mère et lui avait repris ceux qu'elle aimait. Quatre mois seulement de bonheur intense dans son existence ! En juin 1936, Pierre s'était installé chez elle. Quatre mois de joie, d'espoirs, de complicité partagée... Puis il était parti, parce qu'en tant que journaliste il devait couvrir les événements de la guerre en Espagne. Pierre était mort au mois de novembre, tué dans une embuscade, de l'autre côté des Pyrénées, à proximité de Madrid, et Rose ne s'était jamais pleinement remise de ce drame. Il avait fallu deux années pour qu'elle retrouve goût à la vie, et même si elle continuait ses frasques amoureuses, plus personne ne franchirait jamais le seuil de la chambre de son appartement parisien.

Le visage enfoui au creux du coussin qu'elle serrait entre ses bras, se balançant d'avant en arrière, comme un enfant idiot, Rose poussa l'air à travers son larynx contracté, laissant vibrer ses cordes vocales dans une longue plainte qu'elle ne pouvait entendre.

13

7 juillet 1944

Terrée au fond de sa cave aménagée en abri, Rose claquait des dents. Ses yeux erraient sur les étagères où s'empilaient de maigres réserves : quelques bocaux de cerises à l'alcool, des haricots verts stérilisés, un pot de saumure rempli d'œufs vieux de deux mois, un savon de Marseille laid et dur comme de la pierre, trois sachets en papier pleins de champignons séchés, quelques bouteilles d'eau, un saucisson et deux paquets de lentilles achetés au marché noir, une barquette contenant une douzaine de petites pommes acidulées, c'était à peu près tout... Elle embrassa les enfants de Clarisse, des jumeaux, fille et garçon, de sept ans, qui s'étaient mis à pleurer. « Cette fois c'est la fin, pensa-t-elle, pauvres petits ! De toute leur existence, ils n'auront connu que la peur ! Et je suis incapable de les rassurer ! Je ne suis vraiment pas un modèle de courage pour eux... » Depuis 21 heures, ce soir-là, quatre cent soixante-sept avions alliés bombardaient la ville. Ce n'était pas la première fois que la jeune femme se cachait ainsi dans le sous-sol de sa maison, et, malgré sa peur, elle se demandait si, après tout, mourir ne serait pas la meilleure façon d'en finir avec ce cauchemar.

Elle avait fait connaissance, le 18 juin 1940, avec le son des sirènes d'alerte, si puissant qu'il parvenait à son oreille interne, habituellement éteinte, lorsque la Royal Air Force avait bombardé le quartier de la gare. Jour funeste pour les propriétaires de l'hôtel des Églantines qui se trouvaient à cet endroit au moment même de l'attaque. Ils avaient payé de leur vie leur sortie ravitaillement. À présent l'hôtel abandonné était infesté d'Allemands, comme tout le reste de la ville d'ailleurs... Depuis l'arrivée de l'ennemi, les drapeaux rouges ornés de la croix gammée noire remplaçaient le drapeau français sur tous les bâtiments publics. Ce changement symbolique marquait le début de la terreur. La population contrainte au couvre-feu devait voiler les lampes de bleu, afin de rendre la ville invisible à l'aviation anglaise. On subissait le rationnement, la nourriture ne s'obtenait que sur présentation de tickets, et même avec ça, un paquet de café contenait essentiellement des glands torréfiés... On se méfiait de la trahison, on redoutait les arrestations. Le danger était partout omniprésent : on craignait tout et tout le monde.

La voiture de Rose avait disparu, réquisitionnée, mais cela n'avait aucune importance pour sa propriétaire. Amaigrie, effrayée, elle se cachait, souhaitant que tout le monde l'oublie. On racontait tellement d'horreurs sur ces envahisseurs ! Elle redoutait d'être prise pour cible encore plus qu'une autre à cause de son infirmité... Rose ne sortait plus jamais. Clarisse s'occupait des courses. La domestique habitait désormais la maison avec son mari et ses enfants, puisque leur logement avait été détruit en 1940. Cette présence rassurait la jeune femme. C'étaient des gens corrects, elle avait confiance en eux.

Des tonnes de bombes s'écrasaient partout sur la ville, détruisant irrémédiablement des quartiers et des monuments historiques, et surtout, tuant des centaines et des centaines de civils ! C'était donc ça l'absurde prix à payer pour la libération du pays : périr sous le feu des Alliés ! Quatre ans d'enfermement, de prison, pour en arriver, ce soir, à cette apothéose ! Ce formidable cataclysme qui vibrait dans ses oreilles et dans tout son corps.

Rose ne priait pas. La jeune femme savait que lors d'un congrès à Milan, une vingtaine d'années avant sa naissance, une assemblée avait décrété que la langue des signes était à proscrire puisqu'elle ne permettait pas de parler à Dieu. S'il ne comprenait pas les signes et ne lisait pas dans les esprits, Dieu disposait de pouvoirs plutôt limités... Les hommes étaient bien seuls ! Rose pensait à tous ces gens, anonymes ou remarqués, engloutis dans cette guerre. Elle se demandait combien de génies, ou de simples petites vies, assoiffées des plus élémentaires bonheurs terrestres, avaient disparu, tuées dans l'œuf en cinq ans de campagne exterminatrice ! Pour tromper sa panique et occuper son esprit, elle se fit une promesse, et se concentra sur cette promesse durant les quarante minutes que dura la pluie incendiaire, élément crucial du plan de l'« Opération Charnwood ». Le bombardement cessa et Rose se leva pour sortir de sa cachette puisqu'elle ne ressentait plus les vibrations du sol et des murs, mais l'époux de Clarisse lui fit signe de s'asseoir : l'artillerie avait pris le relais. Il était plus prudent d'attendre encore.

Ils remontèrent tous les cinq, le lendemain, en fin de journée, alors que des soldats anglais et canadiens pénétraient prudemment dans la ville. Le nord de Caen était en possession des Alliés, cependant le sud restait encore aux mains des Allemands.

14

Habité de folie douce, Joseph errait parmi les décombres, poussant devant lui une voiture d'enfant, défoncée, dans laquelle divers objets s'entassaient. Au milieu du fatras de chiffons, un chat noir, attaché au montant de la poussette par une laisse en corde, semblait apprécier la promenade. Trois jours après le terrible bombardement, chaque recoin de la ville pouvait abriter des francs-tireurs et des soldats fatigués, tendus, à bout de nerfs, qui patrouillaient, prêts à tirer sur tout ce qui paraissait suspect. Seul un dément se serait risqué hors de chez lui !

Joseph n'avait pas toujours été ce pauvre vagabond affichant tour à tour, et sans que l'on sache pourquoi, un air ravi ou une expression apeurée. Dans le passé, il avait été un employé hautement qualifié des imprimeries Barnier, un jeune homme plein d'avenir à qui la Première Guerre mondiale avait subtilisé la vie, là-bas, sur le front de la Somme... L'attente au fond des tranchées boueuses, l'odeur de terre, de poudre et de mort, le râle des chevaux blessés, les cris de soldats mutilés, les corps à corps à la baïonnette, combats d'un autre âge, les compagnons fusillés pour avoir refusé les ordres imbéciles, l'Homme asservi, soumis, avili, commettant l'effroyable, subissant l'impensable ! L'Homme réduit en chairs éparpillées, au nom de quoi ? ... Oui, Joseph avait laissé sa raison sur un champ de bataille de la Somme en 1916 ! Après la guerre Edmond Barnier l'avait repris à l'imprimerie, lui confiant d'autres tâches, plus simples. Le patron était mort, mais l'entreprise avait continué son activité, sous la gérance de sa veuve. Avec la Deuxième Guerre, les Allemands avaient fermé l'imprimerie, de crainte qu'il n'en sorte des tracts subversifs. De toute façon, il ne restait rien des bâtiments, rasés par les bombardements anglais. Depuis qu'il ne travaillait plus, Joseph devenu quasiment clochard vivait avec son chat dans un appartement constitué d'une pièce unique et disposait d'une cave où il entassait n'importe quoi.

    L'homme avait un peu de mal à se repérer dans cette ville qu'il connaissait, autrefois, comme sa poche. Les églises, les commerces, les maisons, les rues, n'étaient plus. Il se faufilait à travers les gravats, les amoncellements de pierres, les blocs de ciment, les glaces brisées, les tuiles fracassées, les poutres enchevêtrées. De temps en temps, il rencontrait, intact, un ustensile du quotidien qui prouvait que des gens avaient vécu là, une vie ordinaire et paisible. Une marmite, un matelas, un petit jouet de bois, une galoche, des débris de vaisselle... autant d'objets qui remontaient en surface, comme les résidus d'un naufrage. Il s'arrêta pour s'éponger le front d'une main hésitante. Un faible rayon de soleil caressait un tas de ruines. Émergeant entre les briques et les pierres, au pied d'un mur défoncé, quelque chose brillait. Joseph n'était pas un pilleur. Avant la guerre, il avait déjà pris la manie de récupérer les objets dont les gens ne voulaient plus. Souvent, le matériel mis au rebut faisait son bonheur. S'il tombait sur une pièce qui l'enchantait vraiment il la rapportait chez lui. Après quelques tergiversations avec lui-même, il décidait de la conserver dans son appartement, chose rare, ou alors de la remiser dans sa cave qu'il appelait « la chambre aux trésors », ou bien et c'était la dernière possibilité, de la vendre à un brocanteur à la sortie de Caen. Joseph hésita un moment à s'approcher. Cet objet rutilant était peut-être dangereux ! Et puis, il se trouvait où, là, au juste ? Mais oui ! Il reconnaissait cet hôtel à l'abandon qui servait de dortoir aux boches ! Tout en réfléchissant il escaladait les obstacles. Il arriva devant ce qui ressemblait fort à une poignée de laiton et commença son travail. Ses mains tremblaient, ce qui ne facilitait pas la tâche. Elles ne s'étaient jamais arrêtées de trembler depuis la Somme...

Le chat émit un miaulement plaintif. « Une minute, Pelote ! Ne bouge pas ! Joseph n'en a pas pour longtemps. » L'homme accroupi s'activait à libérer la chose, coincée entre des moellons et des briques enduites de plâtre. « Ah ! Joseph ! Tu pourrais dire à tes mains de se tenir tranquilles ! À trembloter comme ça dans tous les sens, elles ne t'aident vraiment pas ! Tu seras beau, tiens, si tu te coinces dans ce merdier ! » Un autre « miaouuou... », déchirant s'éleva de la poussette. Le chat s'était levé, tirant sur son petit collier de cuir comme s'il voulait s'échapper. Joseph revint vers lui et le caressa « Tais-toi, Pelote ! Tu sais bien que si tu tombes sur une de ces saletés de boches, il te bouffera en civet, comme un lapin. » Joseph sortit de sa poche un morceau de lard rance que le chat lécha aussitôt de sa langue râpeuse. Le maître abandonnait souvent à l'animal le meilleur de ses rations. Il retourna à ses fouilles d'un pas plus assuré. Après quelques minutes d'efforts, il dégagea une mallette de bois éraflée, ornée d'une inscription au fusain : « Grands vins de Bordeaux », en dessous était gravé un écusson travaillé et plus bas une année, 1908. Joseph se mit à rire : « Eh bien, ça c'est une découverte, ma petite Pelote ! Je crois que c'est un trésor qui n'ira pas à la cave ! Il est grand temps de lui faire honneur ! » Il souleva la boîte et fronça les sourcils : « Ça me paraît bien léger pour du pinard... Bon, rentrons, à la maison. On a assez pris l'air pour aujourd'hui. »

De retour chez lui, Joseph posa le coffret sur la table. D'un bond le chat sauta sur la boîte, la renifla longuement de son museau délicat, puis se coucha dessus et entreprit de faire sa toilette dans une contorsion dont seuls les félins ont le secret. Joseph n'était pas pressé, il avait tout son temps, et puis il aimait bien les surprises. Le suspense durait, c'était agréable...

Beaucoup plus tard, lorsque Pelote eut terminé ses ablutions, puis sa sieste et qu'il se fut enfin décidé à user ses griffes sur la paille d'une chaise, Joseph ouvrit le coffret. Ses mains vacillantes rencontrèrent d'abord l'épaisseur de feutre, dont émergea rapidement un tableau. Durant cette longue attente, il avait imaginé un tas de possibilités, mais certainement pas celle-ci. Il l'observa un moment, la bouche ouverte, avant de s'exclamer : « Bon Dieu ! Elle est sacrément jolie cette fille-là ! Une beauté de déesse ! » Plus il la regardait et plus il se sentait calme et léger. Il avait l'impression d'entendre le murmure de l'eau, de sentir sur sa peau le souffle céleste et vaporeux de l'air qui ondulait les feuillages, il avait envie de capter ce regard gris rêveur, et d'enfoncer ses doigts dans cette chevelure blonde de Normande. Elle était extraordinaire ! Rien à voir avec les dessins des images pieuses que l'on reproduisait à l'imprimerie sur les cartes de première communion ! Joseph retourna la toile et lut, au dos, une inscription mystérieuse tracée à l'encre de Chine : « Kelpie ». Il hocha la tête, pensif. « Ça ne veut rien dire, Kelpie, ou alors, c'est ton nom, un nom de princesse... C'est joli, ça sonne bien... Tu n'as pas de cadre, mais je ne crois pas que tu en aies besoin. Tu es bien assez belle comme ça... » Joseph murmurait en examinant l'œuvre. « Tu ne raconteras jamais ton histoire à Joseph, mais Joseph a tout compris : tu décorais une chambre de l'hôtel et un de ces salops de boches t'a cachée bien à l'abri dans une boîte. Il comptait te ramener à Berlin... Bien inspiré ce cochon d'Allemand ! Il peut se vanter de t'avoir sauvé la vie ! Lui, il est sûrement mort à cette heure-là... mort comme les patrons des Églantines... Personne ne sait où tu es et personne ne te réclamera jamais plus. » Il éclata soudain d'un rire retentissant, un peu fou : « Merci ma belle d'être venue à moi ! On ne se séparera plus tous les deux ! Oui, tu es ma Belle, mon secret... entre Pelote et toi, Joseph ne sera plus jamais seul ! »

15

Juillet 1955

Rose quitta Paris, tôt le matin, au volant de sa dernière voiture, un coupé gris métallisé Alfa Roméo, à l'allure sportive et racée, dont le logo rouge étincelait au-dessus de la calandre chromée. Rose n'avait jamais aussi bien porté son nom, toujours rondelette, mais à l'apogée de sa beauté, elle resplendissait comme une fleur merveilleusement épanouie, splendide, souriante, vivante, en se remémorant sa journée de la veille. Si Edmond avait été de ce monde, il aurait rayonné de fierté en voyant sa Loulette décorée de la Légion d'honneur, en grande pompe, dans une salle fastueuse de la mairie de Paris. Il aurait probablement essuyé une larme lorsqu'un ministre avait épinglé la médaille sur le revers de la robe Balmain de sa fille. Cet hommage la touchait, non pas par fatuité, mais parce qu'elle s'enorgueillissait de la ténacité qui lui avait permis de faire aboutir les deux promesses ancrées dans son esprit, depuis le soir du bombardement de juin 1944.

La première des réalisations lui valant cette distinction était la « Fondation Barnier », dédiée à l'instruction et à l'insertion des enfants sourds et muets issus de tout niveau social. Rose, à la fois présidente et directrice ne comptait pas ses heures dans l'établissement. Elle connaissait chaque élève, du plus jeune au plus ancien, qu'elle recevait régulièrement dans son vaste bureau, et se montrait sans pitié quant au choix des enseignants dont elle exigeait de nombreuses qualités, et surtout la passion du métier. Victime de son succès, l'école ne pouvait pas répondre à toutes les demandes d'inscription, ce qui désolait sa fondatrice. La seconde œuvre de mademoiselle Barnier était un atelier d'imprimerie, situé à Caen, ayant pour particularité d'employer, à l'exclusion de tout autre, des blessés de guerre, soldats ou civils. Outre le fait de donner un revenu décent et de permettre une vie sociale normale à ses ouvriers et dessinateurs, l'intégralité des bénéfices de l'atelier finançait une partie de la fondation. Cette imprimerie renommée, mais beaucoup plus modeste que celle d'Edmond, ne manquait pas de clientèle. Spécialisée dans les faire-part en tous genres, les cartes de vœux, les cartes de visites et de communions, ainsi que les menus de banquets ou de restaurants prestigieux, l'imprimerie employait une douzaine de personnes, dont Joseph Fournier, l'illuminé de la guerre de 14.

C'était justement en partie pour lui que Rose se déplaçait aujourd'hui. L'homme lui avait envoyé une lettre à l'écriture tremblée, un peu incohérente à son habitude, mais touchante, dans laquelle il l'informait qu'à soixante-cinq ans, il était trop vieux et trop malade pour continuer à travailler. Il la suppliait de lui rendre visite lorsqu'elle viendrait à Caen, pour une affaire de la plus haute importance dont il souhaitait l'entretenir. Elle connaissait Joseph depuis sa plus tendre enfance. Quand, petite, Loulette accompagnait son père à l'imprimerie, elle espérait toujours croiser cet ouvrier grand et mince, plus propre, plus souriant, plus vif que les autres. Il ne prenait pas un air gêné devant elle. Il la regardait droit dans les yeux, articulait un « Bonjour mademoiselle » avenant, lui demandait parfois de tendre la main, et sortait alors de sa poche une boîte ronde en métal d'où il laissait tomber quelques cachous noirs dans le creux de sa paume tendue. Elle salivait d'avance en pensant à la saveur forte de ces réglisses fondants entre ses papilles et son palais, sans parvenir à déterminer si elle aimait leur goût ou si elle le craignait. Souvent, il lui offrait aussi une image inédite qu'il lui commentait sans se départir de son expression bienveillante. Elle appréciait son assurance et le respect mutuel entre cet homme et son patron. Elle les observait du coin de l'œil, assise dans le bureau de son père : Joseph ne tremblait pas devant Edmond qui écoutait ses explications avec attention, il n'avait pas cet air soumis et obséquieux des autres employés, n'était pas embarrassé par la présence de la fille sourde de monsieur Barnier...

Lorsqu'il avait repris le travail, en 1924, après quelques années de soins musclés en hôpital psychiatrique, Rose n'était plus tout à fait une enfant, elle avait remarqué sa métamorphose et en avait ressenti une certaine tristesse. Au moment du choix de personnel pour le nouvel atelier, elle n'avait pas oublié Joseph même s'il était devenu un employé complètement imprévisible. Le sachant atteint d'une cirrhose du foie, elle comprenait l'urgence de cette dernière visite qu'elle ne voulait pas lui refuser. Pressée de rentrer sur Paris où l'attendait un tournoi de golf, elle ferait l'aller-retour dans la journée, sans même s'arrêter pour saluer Clarisse et sa famille.

Joseph entendit la voiture qui manœuvrait dans la rue, juste devant sa fenêtre, au rez-de-chaussée. Il aperçut la silhouette, reconnut immédiatement mademoiselle Barnier et en ressentit aussitôt un immense soulagement. Le dos voûté, traînant les pieds, il se dirigea vers la porte d'entrée de l'immeuble pour accueillir sa visiteuse : « Mademoiselle Barnier, entrez vite ! Je savais que vous viendriez ! Je le savais ! » Il était tout réjoui, mais cela ne parvenait pas à masquer son état. Elle pensa un peu triste « Ce vieux fou ne doute vraiment de rien ! Je me demande ce qu'il me veut, et pour quel délire il m'a fait venir jusqu'ici... dans tous les cas j'ai fait une bonne action, c'est sûrement la dernière fois que je le vois. Il est effrayant de maigreur, méconnaissable ! Et sa peau ! Elle semble tendue directement sur ses os, et si jaune ! » Ils pénétrèrent dans la pièce unique. Joseph désigna d'une main tremblante une chaise à l'intention de Rose qui remarqua, intriguée, un vieux coffret à vin posé sur la table, elle s'assit et Joseph lui tendit une lettre.

Rose lu avec difficulté l'écriture déformée :

« Juin 1955.

Pour Mademoiselle Rose Barnier.

Testament.

Mademoiselle, je suis condamné mais je n'ai aucun regret de quitter ce monde, sauf celui d'abandonner ma princesse. Je ne me souviens plus comment elle est entrée dans ma vie. C'était sûrement il y a très longtemps, pendant une guerre, je ne sais plus laquelle... Elle m'a rendu merveilleusement heureux durant toutes ces années. Elle m'a entraîné au cœur de forêts luxuriantes, sur les rives de cours d'eau limpides, dans des sous-bois lumineux et enchanteurs (...) En la contemplant, j'ai connu la paix. Elle m'a protégé. Par moments, elle a effacé les cris, le bruit des bombes et les visions horribles, qui n'ont jamais cessé de me hanter. Parfois, elle m'a permis de trouver le sommeil... Elle est l'incarnation d'une poésie douce et caressante, je vous supplie de l'emmener avec vous. Vous seule pourrez prendre soin d'elle comme elle le mérite. Rendez-moi ce service. Gardez-la toujours avec vous. Je n'ai confiance qu'en vous... »

Lorsqu'elle leva les yeux, Joseph avait ouvert la boîte, écarté le feutre, et Rose put admirer la lumineuse Kelpie de Duncan Scott.

16

1er août 2008

    Paris au mois d'août, vidé de ses habitants, abandonné aux visiteurs en quête de souvenirs, prenait un petit air de fête. Revêtus de leurs tenues de touristes ils étaient partout, soit rassemblés en files d'attente interminables devant Notre-Dame, la tour Eiffel, le Louvre, l'entrée des catacombes... soit dispersés à la terrasse des cafés, flânant en amoureux, main dans la main, sur les quais de Seine, posant pour des artistes de Montmartre ou admirant les boutiques insolites du Palais-Royal... Rose, assise sur un banc des jardins du Luxembourg, toute menue dans son pantalon de coton blanc et sa chemise Lacoste de couleur saumon, s'amusait à compter ceux d'entre eux qui possédaient ce qu'elle nommait « l'attirail complet » se résumant en quatre éléments : dépliant touristique, appareil photo, lunettes de soleil, petit sac à dos de ville. Du haut de ses quatre-vingt-dix-huit ans, Rose n'avait pas perdu son esprit malicieux, en revanche, et cela la désolait énormément, elle ne conduisait plus depuis de nombreuses années. Elle n'arpentait plus le fairway de Versailles et il lui arrivait de se sentir bien seule, surtout en été, lorsque même la concierge partait en vacances, laissant la loge à un étudiant plus ou moins sérieux.

    Elle aperçut la silhouette massive de Maurice, le chauffeur de taxi, ponctuel et serviable, qui venait la chercher pour la reconduire chez elle. Ils avaient leurs codes, leurs petites habitudes tous les deux, depuis quinze ans qu'elle le sollicitait comme un chauffeur personnel, et le payait grassement pour ses services. Maurice lui offrit son bras auquel elle s'agrippa pour se lever. Elle tituba, plus chancelante que d'habitude. Maurice s'inquiéta : « Vous allez bien, mademoiselle ? » Évidemment, Rose occupée à trouver son équilibre n'avait pas « saisi » les paroles du chauffeur de taxi. D'ailleurs elle avait le souffle court et la tête qui tournait. Elle ne se sentait vraiment pas bien. Le chauffeur de taxi la rattrapa à l'instant où elle s'affaissait. Il finit par l'allonger sur le sol et sortit son portable, affolé, pour appeler les pompiers. Un attroupement commençait déjà à se former.

Rose reprit conscience dans le fourgon qui l'emmenait aux urgences. Elle refit mentalement, une dernière fois le tour des étapes de sa vie. Passant à toute vitesse d'une idée à l'autre, elle ressentit une pointe de tristesse à la pensée de n'avoir pas connu les sons enchanteurs qui défrayaient les critiques et déchaînaient les foules : Maria Callas, Louis Armstrong, les Beatles... Puis une pointe d'amusement en pensant à sa femme de ménage qui rouspétait car elle ne la laissait jamais pénétrer dans sa chambre à coucher : « Mademoiselle Rose, tout de même, vous êtes une sacrée coquette ! Refuser que je fasse le ménage dans cette pièce ! Ça n'est plus de votre âge de faire votre lit toute seule, comme une pauvresse ! Vous cachez un trésor ou quoi ? » Eh oui, Rose Barnier était têtue ! Elle avait respecté son serment : depuis 1936 personne n'avait passé le seuil de sa chambre, ni ses domestiques, ni ses médecins, ni ses amants, ceux-là, elle les recevait dans sa chambre d'amis. Jamais elle n'avait oublié de fermer à clef la porte de cette pièce. Seuls les peintres et tapissiers étaient venus, à plusieurs reprises, rafraîchir murs et plafond, une fois le mobilier caché sous des bâches par ses soins.

Nul n'avait jamais vu la fameuse Kelpie, tendue sur son châssis de bois, telle que Joseph Fournier la lui avait offerte. Depuis 1955, elle avait admiré cette beauté indomptable chaque soir passé dans sa chambre, comprenant la sensation d'apaisement éprouvée par le pauvre fou dans sa simple contemplation, s'interrogeant sur l'origine de cette œuvre, se demandant qui pouvait bien en être l'auteur, bien qu'elle ait une idée, et même une certitude, quant à la réponse à cette question. Mais au fond ceci importait peu, l'intérêt de ce tableau se trouvait dans le plaisir qu'il lui procurait, et non dans sa valeur.

Rose se réveilla encore une fois. Elle était maintenant couchée dans un lit d'hôpital, un masque à oxygène sur le visage. Calme, elle pensa « Nous y voilà enfin, j'arrive au moment de ce fameux passage que nous redoutons tous, j'espère que ce sera le néant, « quelque chose » pourrait être encore trop compliqué... » Puis elle perdit doucement connaissance.

Ironie du sort, à l'instant où Rose rendait son dernier soupir, Fred et Marco, deux morveux d'à peine plus de vingt ans, pénétraient par effraction dans son appartement, violant l'intimité de son antre, préservée depuis 62 ans. Les deux jeunes junkies en mal d'argent jouaient gros, mais leurs besoins en stupéfiants nécessitaient une opération rapide et efficace... Issus des bonnes familles de l'arrondissement, ils avaient bien mûri leur coup. Ils n'ignoraient rien des habitudes de la petite vieille dont ils connaissaient le nom, ni de son code d'accès qu'elle tapait péniblement de ses mains déformées de rhumatismes à son retour de balade. Ils avaient aussi repéré le gardien intérimaire, à la dégaine d'étudiant, bobo gauchiste, bouffeur de graines bio, plus absorbé par les bouquins et internet que par les allées et venues de l'immeuble, un type beaucoup moins vigilant que la concierge en titre... Le plus délicat avait été de s'infiltrer au moment opportun, celui où la petite vieille sortait pour sa promenade quotidienne, et où le gardien plongeait sur son ordinateur, ce que les deux compères venaient de réussir sans la moindre difficulté. La porte de la demeure de Rose n'étant pas blindée, s'introduire dans la maison, outillés d'un simple pied de biche dissimulé dans un cartable de cuir était un jeu d'enfant.

« Vise un peu ça Fred ! Mémé Rose a du goût... Regarde un peu cette baraque ! C'est un vrai musée Art déco ! Mais du beau, du très beau... »

« Oui, Mémé Rose n'est pas prudente, c'est une baraque qui mérite une porte un peu plus costaude... J'espère qu'elle ne fout pas ses bijoux dans un coffre... Merde, cette porte est fermée à clef ! Passe-moi le pied de biche... ça y est, c'est sa piaule... Qu'est-ce qu'elle peut bien cacher là-dedans la petite vieille... » Marco et Fred se mirent à rire. Il y avait une nervosité dans leurs ricanements qui trouvait sa source dans un mélange de peur et d'excitation : celle d'être pris, de ne pas trouver ce qu'ils souhaitaient, de jouer aux voleurs comme des mômes, mais en vrai... Ils n'eurent pas à fouiller bien longtemps. D'une certaine manière, Rose se croyait immunisée contre le vol et ne prenait donc aucune précaution particulière, ce qui, après tout, n'était pas totalement faux puisqu'à l'heure du cambriolage mademoiselle Barnier n'était plus de ce monde... Ils mirent la main sur une liasse de billets, environ mille euros, dans un petit meuble marqueté, et sur une boîte ancienne, en os gravé.

— Joli butin ! On dirait la cassette d'un pirate !

Colliers et bracelets en or, bagues à pierreries, parures en perles et diamants, provenant de boutiques prestigieuses – une grande partie de ce que Rose avait reçu en cadeau ou acheté, au temps de sa splendeur, lorsqu'elle pouvait encore croquer la vie –, se trouvaient ici, rassemblés dans un coffret de bonne taille.

— Yahou ! C'est le gros lot, on va se payer de la poudre de première ! Hé ! Qu'est-ce que tu fous Marco ! On va se faire repérer si on sort un tableau ! Putain, merde ! Tu déconnes, cherche plutôt le blé...

— Tu n'y connais rien mon pote, il est chouette ce tableau ! Il plaira à Maria, je vais le lui offrir. D'ailleurs on a assez de trucs, il faut se tirer vite fait !

Fred haussa les épaules, sans jeter le moindre regard à la toile. Il était inutile de discuter avec Marco, ce mec était fou furieux quand il s'agissait de Maria, mieux valait filer rapidement.

Si Fred, fils d'un médecin et d'une femme au foyer écervelée, grande cliente des salons d'esthétique, avait été élevé par des jeunes filles au pair, sélectionnées plus pour leur plastique et leur disponibilité que pour leur richesse intellectuelle, il n'en était pas de même pour Marco. Ses parents étaient professeurs en faculté. Son père qui enseignait le droit ne lui avait rien appris de très réjouissant, en revanche sa mère professeur d'histoire de l'art avait réussi à éveiller en lui un certain goût pour les belles choses. Il faut dire que loin de l'abandonner devant les programmes jeunesse de télévision, ou une console de jeux vidéo, pendant les vacances, elle s'était employée à l'initier, à forger son œil et son goût pour les œuvres, anciennes et modernes, à travers des visites de musées, de châteaux ou d'expositions, à cet âge tendre, avant l'adolescence, quand les enfants ont encore un esprit grand ouvert, facile à imprégner de culture. Le tableau n'avait pas besoin d'être signé pour attirer son attention. Marco était capable de dire qu'il s'agissait d'une œuvre de belle facture, de l'école préraphaéliste, tout à fait digne d'intérêt, et dont le modèle lui rappelait, de surcroît, la belle Maria, mais en version blonde. Il glissa la liasse de billets dans une poche, roula le tableau dans un petit plaid qui couvrait le lit et se dirigea vers la sortie suivi de Fred qui finissait de ranger les bijoux dans le cartable avec le pied de biche.

17

— Ciao Maria, come state oggi ?
— Sto benissimo. E tu ?
— Non c'è male, grazie.

Pour plaire à la belle Maria, Marco s'essayait à l'italien avec plus ou moins de réussite, ce qui faisait rire et charmait la jeune femme.

Marco secoua la tête d'un air entendu, il se pencha pour déplacer un pot rempli de matériel qui trempait dans du solvant, posé sur le sol, et qu'il avait failli renverser sur ses baskets. Il se fraya un chemin à travers une multitude de ces bombes de couleur qu'utilisent les carrossiers et les tagueurs, puis se positionna face au mur, prit un peu de recul et s'exclama « bravo lavoro ! » satisfait du reste de ses connaissances en italien, vaguement étudié à l'école...

Maria esquissa un de ses sourires qui le faisait fondre. « Grazie del complimento... » Elle aimait cette heure matinale où elle reprenait son travail sur l'un des grands murs d'une des pièces du squat. Elle effleura du bout de son pinceau le mélange de peinture ocre jaune qu'elle venait de préparer et reprit son travail figurant des roches plongeant dans une mer calme. Elle retrouvait chaque jour avec plaisir ce labeur qui exigeait d'elle suffisamment d'application pour la distraire de son chagrin. Elle tentait de s'abîmer dans ces représentations d'un Latium antique improbable, et il ne restait encore à son esprit que trop de temps libre pour refaire le chemin des circonstances qui l'avait conduite ici : une liaison tumultueuse avec un obscur vieux beau, quadragénaire, marié et père de famille, rompue une fois qu'il eut appris qu'elle était enceinte ; la naissance d'un enfant mort-né, sûrement à cause de sa consommation modérée mais déjà régulière de drogue ;

l'incompréhension définitive et les liens avec son cercle familial à jamais détruits après cette histoire...

Sur le chemin qui l'avait conduite à ce squat parisien, elle avait visité une multitude de sites archéologiques et de musées, s'imprégnant aussi bien de l'art antique des mosaïques, que des œuvres de la Renaissance comme celles de Raphaël et Botticelli, ses préférés, sans oublier Titien, Véronèse et bien d'autres encore. Mais, ce qui lui avait révélé, réellement, la peinture, c'était le choc ressenti un soir d'été, où, après avoir traversé la frontière avec une bande de jeunes gens à la dérive, elle s'était retrouvée, sans savoir ni comment ni pourquoi, dans la salle des mariages de la mairie de Menton, face à « La noce de la mort d'Eurydice » réalisée plus de quarante ans auparavant par Jean Cocteau. Ce modernisme dans le classicisme l'avait si profondément bouleversée qu'elle avait entraîné ses compagnons dans un périple initiatique où elle avait ingéré, entre deux trips, une grande partie de ce qu'avait réalisé l'artiste. Du musée Cocteau de Menton, aux chapelles St-Pierre et Notre-Dame de Jérusalem, en passant par le merveilleux théâtre en plein air du Cap d'Ail, elle s'était repue de fresques peintes et de mosaïques. Depuis, elle avait lu tout ce qu'elle trouvait sur celui qu'elle nommait « il maestro », visité quantité d'expositions, de musées s'imprégnant de tout ce qu'elle voyait, mais revenant toujours vers celui dont le portrait en poster géant trônait face au mur où elle s'escrimait, couverte de peinture.

Maria n'était pas une artiste, juste un modeste amateur, dont la peinture était le hobby du moment... En soirée, elle gagnait sa vie en tant que serveuse dans un petit restaurant italien près du Quartier latin.

Cette fille, pauvre paumée, était le grand amour de Marco, même si elle partageait le lit d'un autre Italien, Matteo, rencontré à Gêne, avec lequel elle avait échoué ici. Maria était furieusement belle : des yeux immenses, noirs et brillants, des lèvres charnues, un visage de madone encadré par une frange épaisse et des cheveux de jais, raides comme des baguettes. Que dire de son corps ? Marco l'avait aperçu une fois, au saut du lit, juste vêtu d'un slip blanc. Pulpeuse, c'était le seul mot qui lui venait à l'esprit ! Elle avait des seins, des hanches, des fesses, des cuisses, un exquis petit ventre rond, la peau mate et lisse. Rien dans sa silhouette qui puisse rappeler les jeunes bourgeoises anorexiques du 16e arrondissement. Il s'était pris de l'envie de la sauver. Il aurait voulu effacer la tristesse que portait cette fille. Il aurait souhaité qu'elle arrête de faire couler toutes ces cochonneries dans ses veines, mais comme il était incapable de s'en passer lui-même il ne risquait pas de l'aider !

« C'est quoi, le truc que tu caches derrière toi, Marco ? Regarde-moi dans les yeux… Je vais deviner… » Oh oui, Marco était vraiment amoureux d'elle, il fondait littéralement quand elle parlait. Son accent était ravissant, elle ne disait pas « les yeux » mais les « ziés » c'était drôle et touchant !

— Tiens, c'est pour toi, puisque tu aimes la peinture…

— Oh, mais c'est magnifique ! Tu ne l'as pas volé, hein ? Je ne veux pas d'histoires…

Il mentit :

— Non, c'était à la cave, chez mes parents, ça ne vaut rien, d'ailleurs regarde, il n'est même pas signé…

Elle prit le tableau avec une légère hésitation et l'examina, envoûtée.

— Comme elle est belle ! Tu as vu la finesse de ses traits, et l'expression calme de son visage ?

Maria secoua la tête.

— J'aimerais être à sa place, nue au bord de l'eau, dans un rayon de soleil, à regarder briller le fond d'une rivière tout en écoutant la musique du vent à travers les feuillages… Elle n'est pas triste cette femme, juste rêveuse, elle semble bien là où elle se trouve, comme si elle était chez elle…

Marco dévorait Maria du regard :

— Cette créature n'est pas aussi éblouissante que toi !

Maria lui décocha un petit sourire tout en se levant, la Kelpie dans les mains, et déposa un baiser furtif sur les lèvres du garçon.

— Cette peinture ne montre pas une simple femme, elle représente l'éternité dans le jardin d'Éden ! Je vais l'installer à côté de mon lit, comme ça je penserai à toi, le soir en m'endormant !

— Si seulement c'était vrai ! murmura Marco heureux d'avoir visé juste ; elle semblait réellement contente de la surprise...

Maria revint près du garçon, elle se hissa sur la pointe des pieds.

— À mon tour de te faire un cadeau, ouvre la bouche.

Marco savait ce que Maria allait faire. Elle déposa sur sa langue un minuscule morceau de buvard, d'un centimètre de côté, tamponné d'un petit motif. « Tu n'en as jamais goûté d'aussi bon », lui susurra-t-elle à l'oreille. Marco connaissait par cœur l'effet de ces petits papiers imprégnés de LSD, mais là c'était exceptionnel, il sentit immédiatement son cerveau s'envoler, et le désir monter en lui. Il s'effondra sur le sol, alors que la belle Italienne, imperturbable, reprenait position devant son œuvre, assise en tailleur, un pinceau à la main, fredonnant une chanson de Dylan. Marco entendit qu'elle lui disait « J'en prendrai une autre fois, je dois avancer ma fresque... » Puis il se concentra sur le mouvement du pinceau caressant le mur revêtu de plâtre. Le geste du bras de Maria s'appliquant sur son œuvre lui semblait d'une grâce divine. Il remarqua que par moments elle étirait son buste pour atteindre les couleurs ou les chiffons disposés un peu plus loin, et que dans ce déplacement qui imprimait un léger balancement à son corps, son débardeur un peu trop court se soulevait tout à fait, dévoilant le haut du string qu'elle portait sous un jean taille basse. Les deux arches de dentelle noire encadrant la naissance des fesses de la jeune femme mirent le feu à l'imagination de Marco. Son esprit tournait en boucle, comme un refrain obsédant, ce que lui montraient ses yeux : le bras nu et doré de la fille, son geste sensuel de va-et-vient sur la surface lisse, l'intimité de son corps dévoilé en fenêtre entre un morceau de lingerie et le coton de son jean, et pour finir l'extrémité de ses cheveux bruns dansant sans fin au milieu de ses reins. Ces images défilaient de plus en plus vite, fascinantes, au rythme de sa respiration accélérée. Il fut submergé de désir durant de longues minutes. Puis son souffle redevint plus calme et Marco continua son voyage au paradis artificiel, le visage détendu dans une expression béate.

La « redescente » de Marco fut proportionnellement aussi pénible que la « montée » avait été enchanteresse. Elle le laissa l'esprit gris et vide, au bord du désespoir, les mâchoires serrées, les mains crispées comme des serres, les articulations tétanisées. Heureusement Maria était là. Elle s'agenouilla auprès de lui, l'aida à se caler contre elle et lui fit boire un verre de lait. Au début Marco ne parvint même pas à déglutir et le liquide se répandit sur son tee-shirt mais peu à peu, il se détendit et finit par avaler quelques gorgées.

— Je suis heureuse que tu sois venu, Marco...

— Dis-moi, c'est bien calme le squat... où sont les autres ?

— Justement c'est pour ça que je suis contente que tu sois là... Matteo s'est tiré pour Londres il y a deux jours avec l'Anglaise, cette pétasse de Nelly, il ne reviendra plus et je m'en fous, c'était un con ! Tes autres copains, Laurent, Stéphane et Phil se sont fait un délire, ils sont partis sur la côte, je n'ai pas voulu les suivre... Dans le squat, il ne reste plus que moi, et un couple de Turcs sans papiers, morts de trouille, avec leurs deux mômes sur les bras, à l'étage du dessus...

La crise commençait à se dissiper, la pensée de Marco fonctionnait à nouveau.

— Alors, tu... tu es seule...

— Oui Monsieur, complètement seule ! Et libre ! Tout à fait libre...

Tout en parlant, elle s'était dressée devant lui, avait ôté son débardeur, dévoilant ses seins généreux et le piercing de son nombril. Elle lui tendit une main pour l'aider à se relever, et de l'autre, un joint soigneusement préparé qu'elle venait d'allumer... Marco tira une bouffée sur la cigarette et la rendit à Maria qui fit de même avant de la déposer dans un cendrier.

— Si Monsieur veut bien se donner la peine de marcher jusqu'à mon lit... Il me reste une heure avant d'aller bosser, on pourrait l'occuper à faire l'amour...

Ils se laissèrent tomber sur sa couche, un simple matelas posé à même le sol, recouvert de draps parsemés de fleurettes aux nuances pastel de dragées. La literie ainsi que le linge étaient neufs et sentaient bon le propre. Grâce à son salaire de serveuse, Maria s'était offert un peu de confort entre les murs douteux du squat. Elle alluma quelques bougies parfumées et entreprit de débarrasser Marco de son maillot et de son jean. Elle s'éclipsa quelques secondes et revint avec une cuvette pleine d'eau tiède, du savon, un gant, une serviette, et toiletta le corps poisseux de transpiration de Marco qui se laissait faire comme un enfant, ému aux larmes par la douceur des mains de cette fille sur son corps. Elle incarnait la tendresse, la compassion, le dévouement...

— Tu es plus belle qu'une vierge de Michel-Ange Maria ! Bon Dieu, qu'est-ce que tu glandes ici ?! C'est pas un endroit pour toi !

Elle lui adressa un sourire triste.

— Je n'ai que ce que je mérite...

Marco fit rouler la fille sous lui, il saisit ses poignets fermement entre ses mains, au-dessus de l'oreiller et plongea son regard dans ses yeux sombres.

— Tu n'as pas le droit de dire ça ! On fait ce que l'on veut de nos vies, on peut tout changer, il suffit d'avoir une raison... Tu es ma raison ! On va sortir de cette merde qui ne mène nulle part parce que... parce que... Je suis amoureux de toi !

Elle le fixa gravement et murmura :

— Alors, fais-moi l'amour !

18

8 août 2008

— Bon, alors marché conclu. Vous passez à l'agence demain soir, à 17 heures, le contrat de bail sera prêt. Cinq cents euros par mois pour 20 mètres carrés, dans du neuf, à dix minutes à pied de la tour Montparnasse, ce n'est pas une mauvaise affaire... J'ai contacté le propriétaire pendant que vous faisiez une dernière fois le tour du studio, il est assez cool : puisque vous n'avez personne pour se porter caution, il accepte de se contenter de 2 mois d'avance en garantie... Mademoiselle, n'oubliez pas vos trois dernières fiches de paie et votre carte d'identité... Excusez-moi, je suis en retard, j'ai une visite à l'autre bout de la ville... à demain !

L'employé de l'agence immobilière remonta dans sa smart noire, mit le contact en leur adressant un dernier sourire et démarra, abandonnant ses clients au pied de l'immeuble.

Maria embrassa Marco.

— Merci, sans toi je n'aurais jamais eu le fric pour prendre ce logement...

— Le fric c'est rien. On arrête la came ; après-demain tu emménages ici ; à la rentrée je me remets à bosser pour obtenir cette foutue licence de droit, j'ai déjà le DEUG, ça ne fait plus qu'un an de fac, et au mois de juin, une fois le diplôme en poche, mon père me trouve un job pas trop pourri... À nous la belle vie ! C'est ça l'important !

— C'est trop beau pour être vrai... Je ne sais pas comment on va faire pour arriver à décrocher...

— C'est simple, chaque fois qu'on aura envie d'une dose, on fera l'amour, et comme tu ne travailles que le soir, je vais venir m'enfermer avec toi dans la journée. Quand l'un de nous deux sera au bord de craquer, on s'enverra en l'air... ça va être un été très, très chaud...

Marco essayait de mettre beaucoup d'humour et de conviction dans ses paroles, mais depuis vingt-quatre heures que tous deux n'avaient pas touché à la moindre dose de stupéfiant, ils ne se sentaient pas très en forme. Il prit le visage de Maria entre ses mains, et caressa de ses pouces les cernes noirs qui marquaient les yeux de la fille. Lui-même avait la peau blême et transpirait à grosses gouttes, malgré la température sérieusement rafraîchie après le violent orage de la nuit précédente.

Maria le serra très fort dans ses bras.

— J'ai tellement besoin de toi ! Sans toi je n'y arriverai pas ! J'ai mal au ventre, aux articulations, j'ai envie de vomir...

Marco la berça en chuchotant.

— Moi non plus, je n'y arriverai pas sans toi ! Mais on est tous les deux, et on le fait pour nous, alors c'est sûr, on va s'en sortir... ça va bien se passer... Tu sais ce qu'on va faire ? On va acheter des sandwichs et une bonne bouteille de vin et on va rentrer chez moi, mes parents sont en vacances avec des amis, dans un Riad au Maroc. En plus, ça tombe bien, c'est ton soir de repos aujourd'hui... On va se blottir au fond du lit et quand on ira mieux, dans la nuit, on se fera notre pique-nique... Si demain tu n'es toujours pas plus en forme, je demanderai à Fred de te faire un petit arrêt maladie de trois jours, il a fauché tout ce qu'il faut chez son père qui est toubib...

Maria hocha la tête comme pour se convaincre qu'il avait raison. Ils avancèrent ainsi, enlacés, jusqu'au scooter de Marco.

— Tiens, mets ton casque, on n'a pas besoin de se faire emmerder par les flics en plus...

Il harnacha Maria qui se laissait faire, aussi molle et résignée qu'une poupée, avant de s'équiper à son tour.

En proie à d'horribles nausées, Maria ferma les yeux. Ses bras crispés enserrèrent la taille de Marco, aussi fort qu'il lui était possible. Ce garçon était un roc, un héros, entre les mains duquel elle remettait totalement son existence. Marco l'avait promis : il allait s'occuper d'elle. Dorénavant, ils étaient deux, avec un projet. Ils s'en tireraient en s'appuyant l'un sur l'autre, et leur amour en sortirait plus grandi encore, si c'était possible !

Parce qu'elle tenait ses paupières fermées, elle ne voyait rien. Elle fut donc incapable d'expliquer les circonstances de l'accident aux policiers qui l'interrogèrent, quelques heures plus tard, à l'hôpital. Il y avait eu un bruit de frein terrible et en même temps, elle s'était trouvée projetée à terre, à demi assommée. Étendue sur le bitume de la chaussée, elle avait aperçu, entre les jambes des gens attroupés autour d'eux, le corps de Marco, à plat ventre, au milieu des débris de verre d'un abri bus, qui avait voltigé en éclats sous l'impact de la tête casquée du garçon venue le percuter. Elle avait tenté de se redresser, mais on l'en avait empêchée. Un homme, le conducteur de la voiture grise, dont le capot portait les traces du choc, pleurait en répétant sans arrêt que ce n'était pas de sa faute : le scooter qui avait grillé la priorité allait trop vite, il n'avait pas pu l'éviter ! Et puis les pompiers étaient arrivés, froids, professionnels, énergiques. Ils avaient installé Maria sur un brancard, et l'avaient emmenée à l'hôpital où elle avait subi tous les examens de circonstance. Elle n'avait pratiquement rien, si ce n'était deux doigts cassés à la main gauche, qu'on avait bandés, maintenus l'un contre l'autre par une attelle, trois points de suture à l'arcade sourcilière, et la peau de la cuisse superficiellement emportée. L'infirmière avait vérifié le bon fonctionnement de sa perfusion, puis quelqu'un était venu, un interne, sans doute, et avait annoncé, d'un air embarrassé, que Marco était mort sur le coup, sans souffrir. On avait rajouté quelque chose dans le cathéter du goutte-à-goutte et Maria s'était endormie. À son réveil, deux policiers en charge de l'enquête avaient été autorisés à poser leurs questions, mais, non, elle ne pouvait rien expliquer sur ce drame : elle n'avait rien vu...

L'accident avait eu lieu à dix heures, le matin, et c'est seulement le soir, à la nuit tombée qu'elle se mit à pleurer, lorsqu'un très jeune médecin de garde vint vérifier sa tension et lui adresser quelques mots. Grand et mince, les cheveux en épis noirs, comme un personnage de Manga, il avait presque le même âge qu'elle et un gentil sourire... « Un parcours sans faute », pensa-t-elle... Cette présence lui fit ressentir avec beaucoup d'acuité l'immensité du gouffre au bord duquel elle se tenait. Elle se mit à trembler. L'interne écarta doucement une mèche de la frange brune qui frottait le pansement de l'arcade, il fronça légèrement les sourcils en passant l'index sur la veine du bras gauche de Maria qui portait les traces de multiples piqûres.

— Vous pourrez sortir dans deux jours, on vous prescrira ce dont vous avez besoin, et des comprimés pour vous aider à arrêter tout ça... On vous donnera aussi les coordonnées d'un centre de désintoxication... enfin... si vous le souhaitez...

19

11 août 2008

Dans la matinée, après avoir pris une douche et s'être lavé les cheveux avec le secours d'une aide-soignante, Maria quitta l'hôpital et rejoignit le squat, en métro, habillée de vêtements propres : un tee-shirt et un jupon de coton fleuri un peu défraîchi, don d'une infirmière compatissante, car ce qu'elle portait le jour de l'accident n'était plus que loques ensanglantées et que sa cuisse, à vif, n'aurait pas supporté le frottement d'un jean. Elle monta péniblement jusqu'à sa « chambre » et se laissa tomber sur son matelas. Elle pleura sans fin, sur Marco et sur l'échec de sa propre vie, jusqu'à s'endormir d'épuisement. À son réveil elle découvrit le baladeur de son compagnon, abandonné là, sous un oreiller. Elle écouta la musique choisie par le garçon, tout en observant le tableau de la Kelpie, une belle œuvre qui méritait d'être préservée et qui risquait d'être endommagée si elle restait là plus longtemps... Retrouvant un peu de calme, Maria procéda à un bilan implacable de sa situation : elle était seule, désespérément seule, et se sentait incapable de survivre à cette solitude. Marco n'était plus là. L'infirmière qui lui avait donné des vêtements n'était qu'une mère de famille, à qui elle avait inspiré un peu de compassion. Le jeune médecin, au gentil sourire, lui avait tendu une main toute professionnelle. Elle était déjà sortie de l'esprit du personnel de l'hôpital... Le patron de la pizzeria n'avait qu'un tiroir-caisse à la place du cœur, les employés n'étaient pas ses amis. Elle vivait dans la crasse, seule au monde, sans personne sur qui s'appuyer. Et pourtant, voilà ce que demandait Maria : de l'attention ! Dépendante des autres, malgré son attitude de fille affranchie, elle était incapable de surnager seule. À quoi bon lutter désespérément, dans l'attente d'une aide qui ne viendrait pas ? Il fallait se prendre en charge soi-même, ce dont elle était incapable...

Elle se prépara un rail de poudre avec la cocaïne qui lui restait, cela lui rendit un peu d'énergie et atténua la douleur des contusions. Puis elle prit la Kelpie sous son bras et se rendit chez un brocanteur, récemment installé, non loin de là. C'était un jeune homme, marié, d'après l'alliance qu'il portait à l'annulaire de la main gauche, mais qui lui lançait des regards significatifs lorsqu'elle passait devant sa boutique et avec lequel elle échangeait souvent une petite plaisanterie. Les taquineries étaient devenues un jeu entre eux, il avait le béguin, elle arriverait sûrement à lui vendre le tableau.

Rémy s'activait au fond de sa boutique, sombre, étroite et très encombrée. Maria s'arrêta à l'entrée, déposant la marchandise sur un petit bureau style Empire entre une lampe de cuivre et d'opaline verte et un affreux plat en barbotine décoré d'asperges au relief mal défini.

— Bonjour Rémy !

— Salut beauté... Mais qu'est-ce qui t'arrive, tu t'es fait agresser où quoi ?

Aussi souple qu'un chat, l'homme se faufila jusqu'à sa visiteuse.

La cocaïne faisait son effet. Maria décocha un sourire enjôleur au brocanteur.

— Je suis tombée au boulot, mais tu peux le constater, mon charme reste intact ! Comme je ne travaille pas aujourd'hui, je fais un peu de ménage. Ça ne t'intéresserait pas cette jolie peinture, par hasard ? Je l'aime bien, mais ça ne va pas du tout comme style, chez moi... si tu m'en donnes un bon prix je pourrais m'acheter quelque chose qui ira mieux... Je change d'appartement tu comprends, je veux une nouvelle déco...

Rémy s'essuya machinalement les mains sur le devant de sa chemise. Il saisit le tableau et l'observa sous toutes les coutures :

— Ouais, il est pas mal, et en bon état, mais... je suppose que tu n'as pas de facture...

— Non, c'est un truc que j'ai rapporté d'Italie quand je suis venue m'installer en France. Je l'ai toujours connu dans ma famille... il était dans ma chambre, maintenant je l'ai assez vu, et puis comme je te l'ai expliqué, j'ai besoin de sous pour équiper mon nouveau studio...

— Je ne vais pas mettre ta parole en doute, ma belle, mais vois-tu s'il y a un contrôle de police, ou une entourloupe quelque part, c'est moi qui serais dans la merde ! Je dois pouvoir justifier la provenance de ce que j'achète !

Maria avait tout prévu :

— Ok, ok, la confiance règne ! Si tu veux je te fais un papier et je te donne la photocopie de mon passeport et de ma carte de séjour. Ça te va ?

— Bon, on fait comme ça ! Pour le prix, je t'en donne 150 euros, je peux pas plus.

Maria fit la moue, c'était plus qu'elle espérait, mais elle minauda :

— Tu peux forcer jusqu'à 200, non ?

— Tu es dure en affaire ! Va pour 200 euros et tu viens prendre un verre avec moi demain soir, avant que je parte pour la foire à la brocante du 15 août, à Barjac, dans le sud de la France, ou mieux, tu viens avec moi... Une petite escapade, ça te tente ?

— Je te l'ai dit, je déménage. Je n'ai pas le temps pour une balade, en plus il me semble que tu es marié, non ?... Mais je viendrai prendre un verre avec toi, demain, promis !

Maria souriait toujours. Elle donna la lettre et la copie de ses papiers à Rémy, glissa les billets dans son soutien-gorge et quitta la boutique en affectant un air naturel.

Elle n'avait pas besoin de se rendre loin de ce quartier pour trouver ce qu'elle cherchait. Elle savait où et qui rencontrer, les dealers, elle connaissait ! Maria revint au squat, flânant à petits pas dans la ville, avec 200 euros de stupéfiant au fond d'une de ses poches. Le regard un peu perdu, comme si la raison avait déjà quitté son esprit, elle apporta quelques perfections à sa fresque. Elle saisissait de temps en temps la bouteille de vodka posée au milieu de ses pots de peinture et buvait à petites gorgées l'alcool qui lui anesthésiait le corps. En fin de journée, Maria tira son matelas devant la fenêtre ouverte, de là elle apercevait les toits de Paris et une petite pointe du Sacré-Cœur se détachant sur un morceau de ciel bleu orangé, agrémenté de légers nuages rosés devant lesquels passaient, en vagues ondulantes, des milliers d'étourneaux. Dans moins d'une heure, la ville et ses joyaux seraient plongés dans la nuit. Les rues et les bâtiments s'illumineraient de lumières féeriques, offrant un nouvel aspect aux amoureux pleins de rêves et d'espoirs, en quête de romantisme... Elle choisit la musique du film Armageddon d'Aerosmith, enfonça les écouteurs du baladeur de Marco dans ses oreilles, poussa le volume à fond, et s'injecta une ultime, et à coup sûr mortelle, dose d'héroïne dans la veine.

Deuxième partie

1

Août 2008

La grande place de Barjac, petit village posé sur la frontière du Gard et de l'Ardèche, écrasée sous le soleil d'août, était saturée d'exposants et de visiteurs. Deux fois par an, la bourgade habituellement si calme, vivait, trois jours durant, dans une agitation extrême. Les brocanteurs venus de toute la France proposaient des objets variés, rares, insolites, des plus minuscules aux plus encombrants. Les promeneurs, curieux et amusés à la fois, évoluant en lente farandole entre les stands, s'arrêtaient devant une multitude de découvertes : un jouet de métal peint, cabossé et rouillé qui leur rappelait leur enfance, un lot coloré de pampilles en vrac chatouillant leur créativité de décorateurs en herbe, des rations de tabac de l'armée, emballées soigneusement en petits paquets de papier jauni aux côtés de casques militaires évoquant les drames de l'histoire, des draps et des jupons de dentelles qui racontaient l'intimité d'un autre siècle, des statuettes en bronze de grande finesse, des porte-parapluies au thème animalier d'un goût incertain, des meubles cirés... Ceux d'entre les visiteurs qui avaient trouvé leur bonheur, ou qui flanchaient à la suite d'un trop long piétinement dans la poussière et la chaleur étouffante, cherchaient un peu de réconfort aux terrasses des cafés, depuis lesquelles ils pouvaient continuer à suivre du regard le long mouvement de procession. D'autres s'évadaient entre les ruelles pavées, qui montaient jusqu'au sommet du village, baignées par l'ombre des murs de pierres blanches et grises. Débouchant alors sous une arcade balayée de fraîcheur, ils découvraient un panorama majestueux de champs s'étalant dans la vallée de la Cèze, bordés au loin par la chaîne des Cévennes, qui se découpait à l'horizon en ombres bleutées.

Il était 14 heures et Rémy, vautré dans un vieux fauteuil Chesterfield, regardait les touristes d'un œil morne. Gérard, son voisin d'emplacement, goguenard et un rien râleur, l'interpella tout en mâchouillant un morceau de cigare noir et puant :

— Alors mon grand, tu fatigues ? Regarde-moi tous ces cons ! Ils se croient dans un musée ! Ils regardent, ils touchent, demandent les prix de trucs qu'ils ne risquent pas de s'offrir, et même quand c'est donné, ils s'en vont comme si on les insultait !

— T'as raison ! Sans parler de ceux qui prennent un air entendu pour te dire qu'il y avait plein de bouteilles d'eau de Seltz et de cuillères à absinthe chez leur grand-père, et qu'à l'époque ça ne valait rien, ou qu'ils ont cassé le même confiturier en faïence bleue, chez une vieille tante, lorsqu'ils étaient mômes... Je te jure, qu'est-ce qu'on en a à foutre ! Ils jouent les nostalgiques et ils voudraient qu'on leur donne ce qu'ils n'ont pas su apprécier quand c'était le moment et qu'ils se mettent à regretter maintenant... quels cons !

Gérard approuva.

— Ouais, ça marche moyen cette année, pas mal, mais moyen... Enfin bon, la semaine dernière, à Saint-Ouen, j'ai fait affaire avec des décorateurs américains. Ils m'ont pris un lot de six portes en châtaignier travaillé, assez belles, et un lot de grandes vasques en terre cuite ; tout est parti en bateau par container, sans discuter le prix... des bons clients pour la brocante les Américains...

Rémy se leva et s'étira en bâillant.

— C'est pas faux... mais il en passe pas des masses par ici... Bon, si tu veux bien me tenir la boutique cinq minutes, il faut que j'aille pisser et boire un coup, j'en peux plus !

— Pas de problèmes, t'inquiète pas...

Rémy s'éloigna en direction du comptoir d'un petit bâtiment de ciment, situé sous l'office du tourisme, où on vendait de la bière et des frites, c'est-à-dire exactement ce dont il avait besoin. Le brocanteur s'alluma une cigarette et plaisanta un moment avec l'un des gros bonshommes qui assuraient le service, puis il regagna son étalage au moment où son confrère achevait la vente d'un lot de cuillères en argent, dépareillées.

— Alors, ça a mordu ?

— Il y a une bonne femme qui s'est arrêtée, pour le tableau, là, juste après ton départ. Elle avait l'air intéressée...

— Ouais, ils ont tous l'air intéressés... C'est pas grave. De toute façon c'est pas le plus difficile à remballer ! Je suis assez content d'avoir fourgué le petit meuble tibétain là derrière, il est lourd comme une vache ! Le client le récupère ce soir. Mais j'ai surtout fait ma journée avec le casque de scaphandrier... le type n'a même pas marchandé...

Un couple s'approcha de l'étalage de Gérard pour se renseigner au sujet d'une pendulette rococo, en marbre veiné de jaune et au cadre émaillé orné d'une ribambelle de roses, dont il souhaitait obtenir le prix prohibitif de 1600 euros. Rémy s'installa à nouveau dans son fauteuil avec une expression blasée. Il était à deux doigts de s'assoupir lorsqu'une femme se planta devant le tableau. Elle l'examina en prenant un peu de recul, puis s'approcha de très près, scrutant les détails, enfin, elle jeta un coup d'œil derrière la toile qui était posée sur un chevalet, et relut au dos l'inscription d'une belle écriture penchée, qu'elle avait déjà remarquée un peu plus tôt : « Kelpie ». Elle semblait hésitante, peut-être juste un peu timide, mais elle se risqua pourtant à interpeller Rémy.

— Excusez-moi, Monsieur, je suis passée tout à l'heure, vous n'étiez pas là, et votre collègue n'a pas su me dire le prix...

Rémy asséna avec un grand sourire : « 1280 euros ».

La jeune femme encaissa la réponse, ennuyée, elle hocha la tête, dubitative, et murmura : « C'est beaucoup... » L'instinct de Rémy lui disait qu'il ne fallait peut-être pas négliger la petite dame. Toujours dragueur, il s'arracha donc de son fauteuil, enfonçant les mains dans les poches arrière de son large pantalon de baroudeur.

— Oui, mais c'est beau !...

Elle pencha la tête pour mieux admirer le tableau.

— Vous savez quelque chose sur son histoire ? De quelle époque peut-il bien être ?

Soit cette fille jouait les Candide parce qu'elle n'avait rien d'autre à faire, soit on était en présence d'un « coup de cœur », et il ne se permettrait pas de la laisser filer comme ça. En plus, même si elle avait dépassé la trentaine, elle était plutôt mignonne avec ses cheveux châtains mi-longs, bouclés et décoiffés, ses yeux noisette et sa bouche maquillée qu'elle mordillait dans une expression un peu inquiète. Rémy le séducteur avait envie de prolonger les négociations, il se lança donc dans un commentaire en adoptant le ton d'un guide conférencier.

— D'après la qualité de la toile, et le style du sujet, je pencherais pour un tableau du 19e siècle. Comme vous l'avez probablement remarqué, il n'est pas signé, mais on peut supposer que l'inscription au dos est d'origine, enfin... elle était déjà là lorsque je l'ai acheté, il y a quelque temps, à une vieille famille bourgeoise, en Italie... J'ignore ce qu'elle signifie, je n'ai pas eu le temps d'approfondir...

La jeune femme réprima un petit sourire.

— Je sais ce que signifie Kelpie : c'est un personnage magique qui vit près des cours d'eau, de l'autre côté de la Manche...

Retrouvant son naturel, Rémy lâcha un petit rire :

— Dommage ! Ça serait sympa d'en trouver ici aussi !

— Votre tableau me plaît vraiment, mais il est trop cher pour moi...

Le brocanteur écarta les mains en signe d'impuissance et ironisa un peu méchamment :

— Désolé, c'est le prix ! Vous n'êtes pas près de trouver sur le marché une Kelpie belle, vieille et bien conservée ! De toute façon elle est presque vendue... si elle n'est pas partie d'ici demain soir, j'ai un confrère qui me la prend...

Il bluffait. Aucun des professionnels présents n'avait manifesté le désir de reprendre le tableau dans ses stocks.

La jeune femme recula d'un pas, navrée. Rémy « ferra » alors sa cliente, selon l'expression qu'il aimait à employer.

— Je peux faire un effort de 130 euros, je vous le laisse à 1150...

Elle secoua la tête, triturant la bride du petit sac de paille qu'elle tenait suspendu à son épaule.

— Je vous remercie, il faut que je réfléchisse... je... je repasserai...

Et elle s'éloigna en direction des ruelles.

2

Julia regagna le gîte loué pour la semaine, dans un petit hameau sur les bords de la Cèze, à une douzaine de kilomètres de Barjac. Elle était partie à l'aventure pour ses premières vacances en célibataire depuis longtemps. Quittant Paris une dizaine de jours auparavant, elle avait roulé jusqu'à la presqu'île de Giens, un endroit charmant par son calme intemporel, puis elle avait entamé une lente remontée, évitant les grands axes, à la recherche d'endroits typiques. Saint-Rémy-de-Provence, Beaucaire, Uzès... Un festival de bourgades enchanteresses dont la découverte la distrayait un peu ses soucis. Elle avait déniché un hébergement à Rochegude, localité constituée de quelques maisons qui partaient du bord de la rivière pour s'élever le long de chemins escarpés, finissant dans un mélange de forêts et maquis, unissant les buis, les chênes, les cades et les micocouliers. Les animations de l'endroit se résumaient en quelques éléments : une charmante petite pizzeria, située en bord de route, qui se donnait des airs de guinguette, avec ses lampes colorées éclairées dès la tombée de la nuit ; le chant obsédant des cigales et les curieuses plages de sable et de galets, noircies par la poussière de charbon, depuis lesquelles on apercevait souvent un échassier ou un martin-pêcheur. Parfois, un canoë mené par un touriste maladroit raclait les pierres du lit de la rivière, perturbant le calme ambiant. En cette saison, le niveau de l'eau était plutôt bas, ce qui rendait les manœuvres difficiles.

Enfermée dans un sombre état d'esprit, l'isolement et la solitude apaisaient Julia comme un baume sur une plaie. Meurtrie par les échecs successifs de sa vie, cet arrêt au milieu de nulle part la reposait plus encore que son passage sur les bords de la Méditerranée.

Elle s'installa sur la terrasse de son logement. Se félicitant de n'avoir rien oublié en remplissant son panier de victuailles, elle se servit une large rasade de Martini et, soupirant d'aise, se débarrassa de ses sandales. Puis se laissant tomber dans un fauteuil de rotin face au soleil couchant, son verre plein à la main, elle ferma les yeux en repensant au tableau vu à Barjac dans la journée. Elle avait quitté le marché à contrecœur, renonçant avec un profond regret à l'achat de cette peinture, mais la Kelpie n'avait pas cessé de l'obséder pour autant. Elle se mit à parler seule, habitude fâcheuse qu'elle contrôlait avec difficulté lorsqu'elle était en proie à un grand dilemme.

« Tes vacances ont coûté cher ma petite ! Si tu te paies ce tableau, tu vas mordre d'au moins trois cents euros sur le découvert autorisé par la banque ! Oui, mais... ton découvert autorisé va jusqu'à mille euros... » Elle poussa un grand soupir. « Tu sais bien que le directeur de l'agence n'aime pas que le personnel gère l'argent de cette manière. Et puis, il ne faut pas se voiler la face, il y a une chance sur dix pour que tu recolles les morceaux avec Didier, ce n'est peut-être pas le moment de te mettre sur la paille ! » Elle se leva pour attraper une énorme boîte habillée de cuir, d'où elle extirpa, avec précaution, une magnifique guitare folk, une Lowden, création d'un luthier irlandais. L'achat de cet instrument, offert grâce à un pécule personnel, lui avait demandé trois ans d'économies et six mois d'attente. C'était une guitare de grande valeur, à la sonorité parfaite. Un bijou numéroté et signé, une pièce unique, dont la simple contemplation la submergeait d'un immense bonheur. Elle était absolument telle que Julia l'avait souhaitée : un bois rare, un coloris chaud aux nuances orangées flamboyantes se dégradant jusqu'au rouge sombre sur le pourtour et une démarcation noire, tracée en virgule, autour de la rosace, ornée d'une branche de petites fleurs bleues en clochettes. Les repères sur le manche, entre les frets, étaient de nacre blanche, irisée, les clefs montées sur des pattes métalliques ouvragées brillaient d'un éclat argenté. La jeune femme était intarissable sur les qualités de cette guitare qui la consolait d'à peu près tous ses chagrins. Elle commença par jouer une ballade, « Rythm of my heart », « Le rythme de mon cœur » de Rod Stewart, l'un de ses musiciens adorés, mais elle ne parvint pas à chasser toutes les pensées qui tournoyaient dans son esprit.

La vie de Julia n'avait rien de bien extraordinaire. Mariée une première fois à 23 ans avec un garçon gentil mais très instable, elle avait divorcé trois ans plus tard par consentement mutuel. Puis, à 30 ans, elle avait rencontré Didier, de deux ans son cadet, conseiller juridique pour une grosse société. Il manquait de fantaisie, mais donnait l'apparence de la sécurité qu'elle recherchait. Elle l'avait donc épousé peu de temps après leur rencontre, pour s'apercevoir très vite que chacun avait besoin de vivre séparément ses passions. Son mari faisait du jogging le week-end avec ses amis, il aimait les réceptions un peu ronflantes, les vacances dans des clubs, les belles voitures et les costumes sombres. Julia, qui souffrait déjà beaucoup d'être employée de banque, un travail morose profondément ennuyeux, se plaisait à retrouver des copains avec lesquels elle jouait de la musique et improvisait des soirées à la bonne franquette. Elle préférait la campagne à la ville et trouvait que les vêtements n'avaient pas nécessairement besoin d'être coûteux pour être jolis... Chacun avait respecté l'autre, mais au fil des années, ces divergences de goûts et de fréquentations creusaient un profond fossé entre eux. Depuis plusieurs mois, un nouveau sujet de désaccord surgissait : Didier souhaitait être père. Elle ne lui reprochait pas ce désir mais elle ne le partageait pas. Au début de leur mariage, à l'époque où un enfant aurait tenté Julia, son mari, trop occupé à faire carrière, ne se souciait pas de paternité. À présent, peut-être parce qu'elle avait trop conscience de leurs différences, elle se réfugiait derrière le prétexte qu'à trente-huit ans, il n'était plus l'heure pour elle de devenir mère. Cette crise était la raison pour laquelle ils passaient des vacances séparées : prendre du recul pour y voir plus clair... Et ce que voyait Julia l'attristait profondément.

Mécontente de ses performances sur la guitare, et percevant un début de migraine qui battait sournoisement sous son crâne, elle rangea la Lowden dans son écrin, avala une aspirine, et s'entortilla dans une fine couverture. Allongée sur un transat de la terrasse, elle s'endormit en observant le soleil couchant qui brûlait le ciel, derrière les montagnes.

Il était déjà huit heures du matin lorsque Julia émergea, le corps un peu endolori par la qualité de son couchage, mais la tête légère et reposée.

« Aujourd'hui, 15 août, dernière chance d'avoir le tableau ! » dit-elle à haute voix. Cela ne faisait plus aucun doute pour elle. Elle surmonterait les petits désagréments financiers, se serrerait la ceinture, affronterait son chef de service en cas de réprobation, traiterait Didier par le mépris s'il se permettait la moindre réflexion : « Qu'ils aillent tous se faire voir ! Si je la laisse échapper je m'en voudrai toute ma vie ! Elle me plaît, je la veux, point final ! » Elle s'était levée l'esprit combatif et se précipita dans le cabinet de toilette pour se débarbouiller et retourner au plus vite à Barjac.

Avant d'entrer sur le marché, Julia retira une somme au distributeur de billets pour compléter ce qu'elle avait déjà dans son portefeuille, puis elle se dirigea très déterminée entre les allées grouillantes de visiteurs. Elle ressentit une minute d'affolement car le tableau n'était plus à sa place. Puis elle soupira de soulagement, l'apercevant dans le stand à un endroit différent, posé sur une grosse malle de voyage cloutée, à côté d'une étonnante lampe de bureau en bronze, figurant un squelette assis dans la position du penseur de Rodin. Rémy la reconnut aussitôt.

— Alors, vous avez réfléchi ? Il ajouta narquois : J'ai déjà vendu le chevalet !...

— Oui, je vous en offre 1000 euros...

— C'est pas le tarif que je vous ai indiqué hier !

Le cœur de Julia battait à toute vitesse.

— Je sais. Mais je vous paye en liquide...

Le brocanteur réfléchit en une fraction de seconde. Pas de risque de chèque impayé, bénéfice malgré tout substantiel, souplesse de comptabilité... Il affecta l'expression d'un père de famille qui cède à contrecœur au caprice de son enfant.

— C'est bien parce que vous êtes mignonne !...

La transaction achevée, Julia retourna à sa voiture avec précaution pour ne pas risquer d'abîmer la toile. Se faufilant entre les étalages et les passants, échangeant un sourire de connivence avec certains d'entre eux, qui remarquaient d'un regard à la fois son acquisition et sa mine satisfaite. Alors qu'elle quittait Barjac, roulant vitres ouvertes pour chasser l'air brûlant, elle se détendit enfin et poussa un « Yahoo ! » victorieux dans un grand éclat de rire. « Mais quel crétin ce type ! J'avais l'argent et je l'ai bluffé ! Pour une fois j'ai réussi à imposer mes conditions... Julia tu es trop forte, tu as gagné : cette toile est à toi maintenant ! »

Subjuguée par son acquisition, Julia joua de la guitare devant la Kelpie posée face à elle durant le reste de la journée. Elle jouait pour la femme du tableau, appréciant la finesse des traits, la subtilité des couleurs, l'harmonie des formes, le relief de la scène, l'esthétique et la profondeur de l'interprétation, l'éclat, la grâce générale... La chaleur croissait et elle ne délaissa la musique qu'à l'heure du déjeuner pour se rafraîchir sous la douche. Elle se prépara ensuite une salade de tomates accompagnée d'un verre de rosé, fuma une ou deux cigarettes en contemplant la campagne, puis recommença à interpréter des ballades et des improvisations. Pieds nus, vêtue d'un short en jean effrangé et d'un débardeur fétiche usé, les cheveux retenus en un vague chignon par le crayon à papier qui lui servait à noter ses idées, le corps tout entier habité par la musique, elle avait la sensation d'être, le temps d'une parenthèse dépourvue de contraintes, la vraie Julia. Telle une invitée discrète, sa spectatrice l'écoutait tout en observant, de son regard bleu rêveur, la nature au milieu de laquelle Duncan Scott l'avait placée. Julia se trouvait très en veine d'inspiration, comme si, sous le regard de la Kelpie, son imagination et sa créativité se déliaient. Elle consigna fébrilement l'une de ses trouvailles dans un cahier de tablatures, un morceau à trois temps aux accents celtiques, extrêmement mélodique, sous l'intitulé « Water's Spirit ».

Le soir, un peu courbaturée, elle décida qu'une promenade au bord de la rivière détendrait ses muscles crispés. Elle s'adressa au tableau avant de sortir. « Kelpie, je savais qui tu es parce que j'adore tout ce qui concerne ton pays de près ou de loin, à commencer par la musique... Le brocanteur était trop nul ! Moi, je ne te vendrai pas ! Même si on m'offrait dix fois ce que je t'ai payé ! "L'esprit de L'eau". C'est exactement ce que tu es pour moi, Kelpie ! Le mystère malgré la transparence, la beauté, le danger, l'indomptable, l'éternel, l'insaisissable... Tu me plais ! »

Puis elle chaussa ses baskets et ferma la porte après avoir adressé un petit signe à la toile.

3

Un an plus tard : août 2009

— Mais tu es complètement folle ! Demande plutôt à Nicole ce qu'elle en pense !

— Si tu me permets de donner mon avis, je ne dirais pas les choses comme Denis... Pas aussi violemment... Mais tu n'es pas une fille de la campagne, quitter Paris... quitter ton travail... Il est dingue ton projet ! Partir c'est fuir, et ailleurs ce n'est pas forcément plus facile... Que feras-tu dans un an ?

Ce soir-là, Julia s'était rendue à une petite répétition chez ses amis musiciens. Elle avait apporté une bouteille de champagne pour fêter son projet de nouvelle vie, mais apparemment, ce qu'elle venait d'annoncer ne suscitait pas l'euphorie... Denis et Nicole respectivement pianiste et violoniste de leur groupe amateur, étaient profs de musique au collège et parents plutôt tolérants d'un fils unique âgé de quinze ans. Julia avait imaginé les surprendre, les étonner, les amuser, peut-être les émouvoir, mais certainement pas provoquer de telles remontrances... Elle se tourna vers les deux autres membres de la formation, arrivés quelques minutes auparavant, Marion sa copine bassiste, virtuose d'informatique, fraîchement employée dans les bureaux du musée de Roubaix et son « pacs » Hubert, postier de son état, batteur pour ses loisirs. Ces deux là échangeaient souvent des sourires un peu niais, entre eux, depuis six mois qu'ils étaient ensemble, ce qui irritait légèrement Julia, mais à cet instant, elle recherchait surtout leur soutien.

— Eh, les tourtereaux ! Vous pourriez m'aider au lieu de roucouler sur le canapé en bouffant des cacahuètes ! Je sais qu'en ce moment le monde peut s'écrouler, mais je suis en train de me faire engueuler comme une gamine !

Même mes parents et mon frère n'ont pas osé me jeter comme ça !

Marion prit l'air concerné.

— Tu as raison ! Denis arrête de râler, t'es stressant à la fin ! Julia est dans le vrai, on n'a pas toujours l'occasion de faire ce que l'on veut dans la vie ! Puisque la banque l'autorise à prendre une année sabbatique, et qu'elle en a les moyens, je ne vois pas pourquoi elle se refuserait ce plaisir... Une année entière sans côtoyer les costumes-cravate... Je n'ai qu'un mot : le bo-nh-eur ! Je me tape bien le trajet depuis Roubaix pour les répétitions, ça n'a rien changé à nos plans...

Hubert renchérit :

— Je suis d'accord avec Marion, si Julia ressent le besoin de se ressourcer dans un petit coin de paradis, elle doit foncer ! C'est vraiment trop cool comme idée ! Nous lui rendrons visite, si elle veut bien de nous...

Il lui adressa un petit clin d'œil.

— Bien entendu, vous viendrez me voir... De toute façon je remonterai pour l'enregistrement de notre disque, parce que ça, c'est un projet qui me tient à cœur ! D'ailleurs au lieu d'épiloguer sur ma vie, il faudrait se mettre au travail !

Denis ne digérait toujours pas la nouvelle. Il lança un regard noir à Julia.

— Ce n'est pas très sympa ta façon d'agir. On a bossé dur et particulièrement sur les morceaux que tu as proposés. Comment répétera-t-on, si tu n'es pas là ? Tu te souviens que tu es la guitariste et la voix du groupe ? On avait prévu d'enregistrer juste avant Noël, si on ne bosse pas régulièrement ensemble ça sera un désastre ! Ce n'est pas la peine de vouloir faire un disque dans ces conditions...

Julia essayait de se contenir, mais la conversation la mettait mal à l'aise. Assise sur un pouf, elle commençait à gigoter un peu trop et tapotait nerveusement le parquet de la semelle de ses baskets, sans même en avoir conscience.

— Allons Denis, arrête de faire des histoires ! Je travaillerai dur le solo en gamme pentatonique. J'aurai tout mon temps pour parfaire les bends, d'ailleurs je trouve que je tape de mieux en mieux les cordes... je les montes plus vite !... Quoi d'autre... Ah, oui ! Il y a des morceaux que je pourrai jouer en powercorde...

— Arrête ! Arrête ton cinéma ! Si tu te casses, c'est que tu t'en moques éperdument de ce CD ! Je ne sais pas ce que tu fous ici !

Cette fois Julia se leva pour enfiler rageusement son blouson de jean.

— Tu vois, Denis, je crois que cette fois, tu as lancé le bouchon un peu trop loin. Je regrette sincèrement d'être la cause de tant de vagues et de vous pourrir l'existence... Excusez-moi tout le monde, je me tire !

L'ambiance était si consternante que nul ne s'interposa lorsqu'elle franchit le seuil de ses amis, tenant fermement la poignée du flycase contenant sa précieuse guitare. Elle ne prit pas le temps d'appeler l'ascenseur et dévala les trois étages au pas de charge. C'est au moment où elle tournait la clef de contact de sa voiture qu'Hubert frappa à sa fenêtre, elle baissa la vitre.

— Ne le prends pas comme ça, tu connais Denis ! C'est un perfectionniste, il est déçu...

— Non, c'est un con et un égoïste ! J'ai beaucoup donné moi aussi pour cet album ! J'ai composé, j'ai travaillé la musique, mon jeu et ma voix et jusqu'à tout à l'heure cela faisait partie des projets importants, exaltants, de ma vie ! Mais à présent je ne sais plus... Tu comprends, nous ne sommes pas les Rolling Stones ! Mis à part ta chère Marion, on tourne tous autour de la quarantaine, on fait du folk rock, et on ne sera jamais des stars... Même en mettant tout notre cœur et tout le soin possible à la préparation de cet enregistrement, il restera confidentiel. On le vendra ou on l'offrira, à la famille et aux copains, et on continuera à se produire gratuitement le soir de la fête de la musique... Mais tout ça, jusqu'à ce soir, je m'en fichais parce que ça me permettait de faire ce que j'aimais avec des gens que j'aimais... Aujourd'hui les cartes ont changé ! Denis, le perfectionniste, me voit comme une garce qui vous laisse tomber, alors que ça n'était pas du tout mon intention ! Que veux-tu que je te dise... Je ne suis plus certaine de continuer, j'ai dans la tête des choses plus graves qu'un petit album de merde... Allez, laisse-moi partir... Bonsoir.

Julia démarra en trombe, laissant Hubert, pantois, au bord du trottoir.

Elle roula sur le périphérique aussi vite que le flux de circulation l'autorisait, croisant les longues files d'automobiles qui s'étiraient en guirlandes lumineuses, un côté blanc doré, un côté rouge rubis. Non mais quelle idiote ! « Je travaillerai dur le solo en gamme pentatonique... et gnagnagna... » Elle s'était justifiée comme une môme qui demande une autorisation ! Elle était débile, ou quoi ? Pour qui se prenaient-ils, les deux profs à la vie bien rangée ? Ils avaient la chance d'avoir réussi leur histoire et oubliaient que cette bonne fortune n'était pas donnée à tout le monde ! Le deuxième échec de son existence amoureuse était bien plus difficile à assumer qu'elle ne l'aurait imaginé... Encore et encore ramasser les morceaux, se reconstruire... C'était ça ou se foutre en l'air ! Elle n'était plus une adolescente avec une petite peine de cœur. Elle se trouvait à un tournant, et peut-être que oui, enregistrer un album n'était plus la première des préoccupations du moment...

Elle stationna sa voiture devant le pavillon de banlieue de ses parents, et gagna sa chambre. Tout le monde dormait. Seul Hector, le petit cocker noir, sortit de sa corbeille pour lui faire des fêtes. Il se faufila dans la pièce, et sauta sur l'extrémité de son lit. Elle s'assit sur le parquet et caressa la tête de l'animal attentif qui l'interrogeait du regard. C'est ici qu'elle habitait depuis son divorce avec Didier. Elle avait récupéré sa part sur la vente de leur appartement qui n'était pas terminé de payer, soit un peu moins de 90 000 euros ; entreposés dans le garage de son père, qui avait la place, deux ou trois meubles lui tenant à cœur, et voilà... pfft... voilà à quoi se résumait son parcours d'adulte. ! Un peu d'argent, une commode, une armoire, trois bibelots, un tableau, une guitare... rien... du vent... Elle s'était longuement demandé comment rebondir après ce nouveau coup du sort, et même si elle saurait y arriver tant la lassitude et le dégoût envahissaient son quotidien. Elle ne pouvait pas se réfugier indéfiniment entre son père et sa mère, comme une fillette effarouchée, même si leur présence réconfortante anesthésiait, parfois, un peu son angoisse. À force de revêtir en rêve diverses destinées dans diverses vies imaginaires, à la manière dont elle s'amusait, étant petite, à habiller une silhouette de poupée de différentes toilettes de carton, une évidence avait émergé : tout d'abord faire une pause... ailleurs... Partir se « ressourcer » selon l'expression d'Hubert, dans une région aimée... Et pourquoi pas aux abords du village où elle avait acheté la Kelpie l'année précédente ? Un endroit pour prendre le temps de vivre à sa cadence... ne plus obéir, ne plus se soumettre, ne plus chercher à plaire, à arrondir les angles... Être soi-même face à soi-même, se dépouiller du superflu, se connaître. Les douze mois à venir seraient un don du ciel ! Elle n'aspirait plus qu'à cet instant merveilleux, où elle prendrait la route en direction du sud et gagnerait le minuscule « mazet » loué sur internet pour un an. Il était un peu isolé dans la garrigue, face à un petit hameau, surmonté par le clocher d'une église, comme dans ces visions de la France profonde, sur les cartes postales. Talnay, un village d'une soixantaine d'habitants en hiver, qui doublait sa population l'été.

Le moment approchait à grands pas. On était le 15 août 2009, elle n'était jamais retournée dans cette région. Le 1er septembre, bien avant l'heure où le commun des mortels reprendrait le chemin du travail, elle tournerait le dos à son ancienne vie et tenterait une nouvelle expérience.

4

1er septembre 2009

— Je suis désolée de ne pas vous accompagner, mais avec cette méchante sciatique je n'arrive plus à bouger... Je vous donne les clefs, s'il y a le moindre souci, vous revenez me voir et mon mari passera le soir, après le travail...

Installée devant une table de jardin sous l'auvent de sa maison, Mme Maurin triait des haricots verts lorsque Julia avait déboulé chez elle, bien plut tôt qu'elle ne l'attendait. La pauvre dame s'était levée non sans mal pour remettre les clefs à sa locataire. Elle avait effectué quelques pas en grimaçant de douleur, son visage à présent devenu livide témoignait de sa souffrance. Il était évident qu'elle atteignait les limites d'une douleur supportable.

— Merci, ne vous inquiétez pas, madame Maurin, ça devrait aller... Reposez-vous, je saurai me débrouiller... Vous n'imaginez pas comme je suis contente d'être enfin arrivée !...

Julia salua sa propriétaire, et s'installa au volant de sa voiture, avisant le sentier à peine carrossable qui conduisait à sa nouvelle demeure, un kilomètre plus loin. La dernière maison. Après, il n'y avait plus rien, hormis la nature, bien sûr... Elle stoppa la petite Ford, dans le pré, derrière la bâtisse. Lorsqu'elle ouvrit la portière, elle reçut de plein fouet l'air qui embaumait la menthe écrasée, le buis, et la lavande sauvage. Contournant la maison, elle gravit une volée de marches. L'escalier aboutissait à une terrasse couverte, totalement ouverte sur un décor charmant : le village, un peu lointain, avec les maisons blotties autour du haut clocher, en bas, sur la droite, légèrement dissimulés par les arbres, les méandres de la Cèze. À gauche, la terrasse finissait de plain-pied et partait se fondre dans l'amorce d'un petit chemin. Elle posa son sac à main et trouva la clef qui ouvrait ce qui n'était ni une porte ni un volet, mais un gigantesque panneau en bois, long de plus de trois mètres, coulissant sur un rail. Derrière, elle découvrit une baie vitrée qui se déplaçait suivant le même procédé. De plus en plus intriguée, elle contempla l'intérieur de la maison depuis le seuil : à gauche en entrant, une minuscule cuisine américaine, dans le fond, un petit canapé bleu marine surmonté d'une ouverture en meurtrière par laquelle devaient filtrer les rayons du soleil levant, légèrement décentrée dans la pièce, une table bistrot en marbre et ses deux chaises, sur la droite une cheminée monumentale qui distillait une douce odeur de suie, comme un souvenir d'agréables soirées au coin du feu, deux confortables fauteuils de toile écrue l'encadraient. Les murs blanchis à la chaux reflétaient la lumière, des niches accueillaient çà et là un bougeoir ou une lampe à pétrole. Le sol était couvert de marbre rose aux nuances très douces et au niveau de la cheminée, une grande plaque de cuivre jaune protégeait les dalles des éclats incandescents. La salle, extrêmement claire, dépouillée du superflu, dégageait une atmosphère à la fois campagnarde et raffinée. Elle se hasarda vers un escalier en colimaçon qui montait jusqu'à un plancher verni, recouvert de plusieurs tapis Kilim bariolés, à chaque extrémité de la pièce baignée de lumière, un grand matelas posé sur un sommier très bas, était surmonté d'une étagère prête à recevoir des livres.

« Eh bien, eh bien... qu'en dis-tu ma petite ?... J'en dis que je suis sur le cul ! Attends, mais t'as pas tout vu là !... » Elle triturait dans ses mains une grosse clef, un peu rouillée, remise tout à l'heure par madame Maurin. Elle ressortit, reprit l'escalier. À côté de la réserve de bois, Julia repéra la porte aux ferrures antiques qui s'ouvrait avec le fameux objet. Elle passa l'embrasure, descendit une marche et admira l'étrange salle de bains. Dans une cave voûtée, aux murs en pierres apparentes soigneusement jointées, les propriétaires avaient installé des toilettes, une douche italienne, revêtue de mosaïques aux coloris beige crème et un gigantesque miroir aux reflets bronze.

La jeune femme remonta s'asseoir sur la murette de la terrasse. Pour les douze mois à venir, ce royaume était à elle seule ! Un château de soixante-dix mètres carrés, tout compris, sur trois niveaux, entouré de cinq hectares de terrain, dont la salle de bains serait un vrai cauchemar les jours d'intempéries, sans parler des nuits où elle aurait envie de faire pipi... un paradis sans lave-linge, sans lave-vaisselle, sans chauffage central, où le portable ne passait pas, où le fil du téléphone fixe risquait de céder à la première chute de neige !... Un joyau au milieu de nulle part, loin des cinémas, des petits bistrots, des jolis magasins, de l'agitation grouillante de la ville... Oui, mais ce palace était exactement ce qu'elle recherchait !... Et pour la somme ridicule de quatre cent cinquante euros par mois !... Splendide dans sa sobriété, elle ne l'aurait pas souhaité différent... Le bout du monde à portée de main... Elle soupira d'aise et décida de décharger sa voiture. Outre les bagages contenant sa garde-robe et sa chère guitare, Julia avait emporté le tableau acquis à cette période, où tout au fond de son cœur, elle avait décidé de sonner le glas de son ancienne vie.

Elle repéra un salon de jardin en teck, près du bûcher, et l'installa sur la terrasse où elle prit son premier repas en milieu d'après-midi. Elle hésita longuement au moment de choisir son lit, opta pour celui dont la tête s'orientait à l'est, et posa la Kelpie juste en face. Sur une étagère elle rangea quelques livres et DVD, pour plus tard et vida ses valises... S'interdisant d'éclairer le téléviseur caché dans un meuble du séjour, Julia se promena sur son domaine tout le reste de la journée et joua de la guitare jusqu'à la tombée de la nuit. Elle recula encore l'heure du coucher, bien qu'elle tombât de fatigue, juste pour ne plus obéir aux horaires civilisés, par esprit de rébellion enfantin... Elle admira avec ravissement les silhouettes diaboliques des petites chauves-souris poursuivant les insectes au crépuscule, aussi rapides que de minuscules éclairs noirs, puis s'allongea enfin avec bonheur au milieu de son grand matelas vers deux heures du matin. Pour achever cette première prise de contact, une lampe électrique à la main, elle fit les frais d'un déplacement nocturne, aux alentours de quatre heures, jusqu'à la folklorique salle de bains.

Les jours suivants, elle réitéra avec délectation cette absence de rythme défini, savourant chaque instant de liberté octroyée.

Elle se montra extrêmement brève lorsqu'elle donna, par téléphone, des nouvelles à ses proches. Elle craignait que la moindre incursion de son entourage contamine, fragilise, effrite le petit monde qu'elle tentait de se construire. Une question, une affirmation, l'ombre d'une critique, et tout aurait été gâché ! Convalescente, elle n'était pas encore assez solide pour affronter le monde...

Ainsi s'écoula septembre. La radio locale parlait de « l'été indien » ce qui la faisait bien rire, car aucun Indien, à sa connaissance, n'avait jamais traqué le bison dans le maquis du Gard ni de l'Ardèche. En revanche, elle avait un peu abandonné son terrain aux chasseurs, qui paradaient en tenue de guerre, armés de méchants fusils et de chiens surexcités. Ils venaient exécuter leur lot de sangliers lors des battues du week-end, et elle n'avait pas envie de recevoir une balle perdue ou de se trouver nez à nez avec un animal blessé.

Début octobre, coup de faiblesse, ou au contraire, signe de rétablissement, elle n'aurait su le dire, Julia invita ses parents et son frère accompagné de son épouse et de leur bébé pour une longue semaine. Heureuse de présenter son refuge, et eux, ravis de la retrouver bien portante, ils séjournèrent ensemble durant une semaine joyeuse et décontractée. Elle adorait son frère, mais Paul avait dix ans de moins qu'elle, et cette différence d'âge ne facilitait pas l'échange. Même s'ils s'aimaient énormément, ils ne pratiquaient pas, entre eux, l'art des confidences. Elle garda donc pour elle ses états d'âme. Après leur départ, elle s'étourdit dans le ménage pour remplir le vide, vider sa tête et reprendre ses marques.

Son neveu avait oublié un lapin gris, en peluche, aux oreilles roses, qui sentait bon le bébé. Elle le coucha sous la couette, à ses côtés.

5

L'automne avançait, et même si Julia appréciait toujours la confrontation avec elle-même, elle devait bien reconnaître que les journées étaient plus rudes. L'ambiance changeait. Le temps brumeux, la campagne humide, l'horizon bouché, la maison froide jouaient avec son moral. Elle avait beau chauffer la salle de bains avec un convecteur électrique, il lui fallait une bonne dose de courage pour se doucher. De même, le matin, elle se morigénait pour se persuader de quitter son pyjama tiède et enfiler ses vêtements glacés. D'ailleurs, elle s'endormait souvent en jogging, roulée dans une couette sur le canapé à côté de la cheminée. Elle avait le sentiment de ressembler à une femme de la préhistoire, ses journées s'écoulaient avec un objectif crucial : entretenir le feu ! Le temps était une chose stupide, bête à pleurer ! Soit il passait trop vite, on courait après, on n'achevait rien, toujours frustré et sous perpétuelle pression ; soit il s'étirait sans fin, et on s'usait à trouver des ruses pour le tuer, en claquant des dents dans l'inconfort d'une maison de campagne !

Pourtant, elle n'aurait capitulé pour rien au monde. En s'affairant devant l'âtre, il lui suffisait de repenser à son chef de service pour reprendre courage. Elle l'imaginait réglant le problème : « J'ai réuni le service car les dernières statistiques montrent que l'activité de régulation thermique du mazet est beaucoup trop chronophage. Nous allons mettre en place une nouvelle organisation pour optimiser le rendement des efforts de chacun. En attendant je vais faire installer un second chauffage à quartz ». Julia souriait de son propre cynisme. Lorsqu'elle avait quitté la banque elle était à deux doigts de mordre le premier supérieur qui aurait, une fois de plus, prononcé le terme « chronophage » devant elle ; un mot, selon elle, pédant, absurde, laid et déshumanisé. Il n'évoquait que le délire d'un monde monstrueux, dépourvu de sens, qu'elle était vraiment heureuse d'avoir quitté. Elle avait la certitude que ses directeurs auraient été incapables de comprendre la magie d'un simple feu de bois, alors que pour elle, il s'agissait d'un spectacle permanent, doté d'une âme, changeant par sa forme, ses couleurs, et son intensité. Quand elle s'absentait trop longtemps, elle devait le ranimer à l'aide de son souffle et de quelques brindilles. Elle regardait ensuite les flammes orangées, triomphantes, danser de plus belle. Le feu demandait de l'attention. Mélange de contrainte et de plaisir, il était malgré tout, pour elle, une compagnie, un être vivant à part entière.

Un matin elle s'aventura hors des chemins, dans un secteur qu'elle n'avait pas encore exploré. Pourtant, un jour, quelque temps après son arrivée, à la faveur d'un apéritif de bienvenue dégusté sous leur tonnelle, les époux Maurin l'avaient mise en garde, mais elle écoutait toujours distraitement leurs recommandations et indications topographiques : sur le terrain, il y avait un gouffre, et un peu plus loin un aven. Ces deux curiosités géologiques étaient connues des spéléologues et répertoriées. Elles servaient aux amateurs avertis comme but de sortie et d'entraînement à la belle saison. Pour cette raison on n'en barricadait pas l'accès. Lors de ses balades automnales, Julia avait découvert le premier site et oublié le second tant le gouffre l'avait subjuguée.

C'était une vaste ouverture à la surface de la Terre, un endroit incroyable, dissimulé par des buis filiformes, hauts comme des arbres, avec des troncs aussi minces que des cannes, couverts de mousses dorées retombantes. Un lieu magique où on s'attendait à trouver des elfes ou n'importe quelle autre créature extraordinaire, mais qui n'avait cependant rien d'inquiétant. Il était relativement aisé de descendre au cœur de la cuvette dont la circonférence n'excédait pas une quinzaine de mètres. Les roches formaient des sortes de paliers, comme des marches d'escalier un peu hautes que l'on pouvait emprunter sans grande difficulté pour atteindre le fond, tapissé de pierres et d'herbe tendre. Elle s'y était installée plus d'une fois, pour prendre le soleil, écouter les bruits, observer les lézards, les insectes, les oiseaux, et se fondre dans la nature jusqu'à éprouver la sensation d'appartenir à cet endroit.

Ce matin-là, donc, Julia enfila ses énormes bottes en caoutchouc et une veste imperméable, l'objectif étant de marcher au moins une heure pour gagner son droit au petit déjeuner. Elle avançait, sans penser à rien, en se baissant pour éviter que les branches basses ne lui griffent le visage. L'eau mouillait ses joues, glaçait l'extrémité de ses doigts, trempait son jean. Bien que sa capuche soit rabattue sur sa tête, ses cheveux bouclaient autant à cause de l'humidité ambiante que de la vapeur qu'elle dégageait sous l'effort. Puis la végétation fut moins dense, et elle se redressa avançant le nez en l'air sans regarder où elle posait les pieds. Julia ne vit pas les planches pourries qui masquaient l'aven, elles cédèrent sous son poids, sans un bruit et la jeune femme dégringola brusquement dans le vide. Ses mains s'agrippèrent instinctivement aux racines et aux cailloux qui affleuraient. À présent, seul son crâne émergeait de la surface de la Terre. Son estomac s'était contracté, faisant refluer le sang dans son cœur qui battait à tout rompre. Des plaques de sueur froide collaient son tee-shirt à son dos. Affolée, elle commença à se débattre, ses bottes dérapaient contre la paroi glaiseuse. « Ne fais pas l'imbécile ! Je t'en supplie... ou tu vas mourir engloutie dans cette grotte ! » Si elle lâchait prise elle glisserait le long des parois de la cheminée, rebondirait sur les pierres saillantes, se briserait les os sur la roche et finirait par s'écraser définitivement dix ou quinze mètres plus bas ! Avec de la chance elle se tuerait sur le coup, sinon elle agoniserait de longues heures avant de rendre l'âme. Les spéléologues retrouveraient son cadavre en décomposition, lors de leur prochaine excursion...

Elle s'immobilisa. Ses doigts engourdis perdaient déjà en sensibilité, l'énergie de leur étreinte diminuait lentement. Son sang martelait ses tempes. Soudain, la racine qu'elle tenait à pleine main se déchira et Julia débaroula un mètre plus bas encore, stoppée dans sa brève glissade par l'excroissance d'un rocher, sur lequel ses pieds reposaient partiellement. Elle évaluait sa situation à une vitesse folle. Non, elle n'était pas Mac Gyver ! Elle n'avait pas de couteau suisse dans la poche, ni de trombone, ni de briquet, ni même son téléphone portable, lequel, de toute façon, n'aurait pas fonctionné à cet endroit. Seule au monde, elle pourrait bien hurler tant qu'elle voudrait, personne ne l'entendrait... Elle maintenait la tête appuyée contre la paroi, les yeux clos, s'interdisant de regarder en bas, osant à peine respirer. Jamais dans sa vie elle ne s'était trouvée si proche de la mort ! Après tout, peut-être était-ce son heure... Durant un bref instant, la résignation la submergea. Qu'est-ce qui serait le plus facile ? Lutter ou lâcher ? L'adrénaline aidant, mue par son instinct de survie, elle trouva pourtant en elle un sursaut de rage et se rebiffa : « Je ne vais pas attendre que les choses se passent, sans rien tenter ! » Elle avisa au-dessus d'elle une pierre enchâssée dans la terre qu'elle récupéra en grattant du bout de ses doigts aux ongles courts. Puis, munie de cet outil de fortune, elle creusa autour d'une racine bien plus épaisse que la précédente, l'extirpant suffisamment pour parvenir à l'empoigner solidement. S'étirant autant qu'il lui était possible, elle la souleva sur plusieurs centimètres de longueur. Ensuite, elle repéra quelques roches effritées qu'elle dégagea un peu, toujours à l'aide de son caillou, pour les rendre plus proéminentes, cela pourrait éventuellement servir de points d'appui. Épuisée, les muscles tétanisés de crampes, par secousses craintives, elle se débarrassa de ses bottes qui la gênaient, car bien trop vastes pour elle. Elle essuya ses mains grasses de terre dans les mouchoirs en papier qui remplissaient toujours le fond des poches de sa parka, et entoura ceux qui restaient autour de ses paumes. Voilà, c'était le moment de vérité, Julia repéra une dernière fois sa trajectoire, ferma les yeux pour vérifier mentalement si son cerveau enregistrait bien l'endroit où il faudrait poser ses orteils et river ses mains. Sans savoir à qui elle s'adressait, elle murmura « Faites que ça marche ! »

Respirant à pleins poumons, elle bloqua son souffle, banda ses muscles, s'arc-bouta, et au prix d'un effort surhumain parvint à hisser son corps qui semblait peser une tonne, autant en s'accrochant à sa liane de fortune qu'en utilisant les aspérités fabriquées dans le but de poser ses pieds. Elle parvint rapidement à regagner un peu plus que le mètre perdu lorsque la racine s'était cassée. Resurgissant à l'air libre, le buste en avant, elle bascula tout son poids sur ses coudes, puis étendit les bras sur le sol et put ramper afin de s'extraire tout à fait. Elle resta un moment, à plat ventre, le souffle court, secouée de sanglots. Se recroquevillant sur elle-même elle attendit que ses membres cessent de trembler. Puis, flageolante, elle rassembla son corps, essuya d'un revers sa figure barbouillée de morve et de boue, et quitta sa veste pour récupérer son tee-shirt. Elle le déchira en deux morceaux dont elle entoura ses pieds, par-dessus ses chaussettes. Alors seulement, titubante, grimaçant de douleur lorsqu'elle posait la plante de ses pieds sur des pierres trop aiguës, elle se dirigea vers sa maison.

Julia prit une longue douche brûlante. L'eau réchauffait son corps, le savon et la brosse dissolvaient la plus petite trace de boue. Elle essayait d'effacer avec soin la moindre marque, comme si cela pouvait lui permettre d'oublier la terreur ressentie lors de sa mésaventure. Hélas, les griffures sur ses mains et les bleus sur ses cuisses et ses tibias lui rappelleraient son imprudence quelques jours encore ! Totalement assommée, maintenant droit devant elle un regard fixe de somnambule, elle prépara le petit déjeuner qui se résumait à un bol de thé et une brioche industrielle desséchée, elle relança ensuite le feu dans la cheminée, et fuma une cigarette en observant les flammes.

À quoi jouait-elle, paumée, toute seule ici ? Que voulait-elle prouver ? Que voulait-elle apprendre sur elle-même ? Au moins maintenant elle savait une chose : elle n'avait pas envie de mourir, il était temps de se secouer ! Depuis dix semaines, elle se contentait de faire des courses dans la supérette d'une bourgade située à trois kilomètres de là, ne se pomponnait plus, ne parlait à personne, déclinait les invitations des Maurin… Terminé tout ça ! Après avoir rangé le mazet, elle irait se balader à Uzès. Elle visiterait le château, feuilletterait des livres dans les librairies, flânerait dans les quelques boutiques de la ville, prendrait une boisson dans un bar, accomplirait son retour vers la civilisation.

Julia fit ce qu'elle avait décidé. Elle enfila un jean moulant, puis de très belles bottes dénichées en solde à Paris, la saison précédente. Pour le haut, elle jeta son dévolu sur une blouse en soie d'un bleu chatoyant. Elle entoura son cou d'une écharpe et endossa son blouson de cuir couleur marron glacé. Elle termina par une légère touche de maquillage puis, passant les mains dans ses cheveux mi-longs dont les mèches formaient de jolies boucles aux extrémités, elle s'adressa un pâle petit sourire dans le miroir.

La jeune femme prit la route, distraite, autant par la musique qu'elle écoutait assez fort que par ses réflexions qui la ramenaient à sa mésaventure du matin. Elle fut effarée lorsque l'animal traversa soudainement la route. Appuyant violemment sur le frein, elle donna un coup de volant à gauche, puis à droite, sans se préoccuper de ce qui se passait derrière. La voiture se planta, une roue dans le fossé, avec une extrême brutalité. Dans le même temps, la moto qui la suivait fit une embardée pour éviter son véhicule. Elle roula sur quelques mètres en zigzags indécis, avant de rétablir son équilibre et de s'immobiliser enfin.

Julia, prostrée sur son fauteuil tremblait comme une feuille. Le motard qui avait mis son engin sur béquille se dirigeait vers elle d'un pas décidé.

« Il va me tuer !... »

L'homme portait un casque intégral et un blouson de cuir rembourré. Il était grand, mince et plutôt carré, c'est tout ce qu'elle voyait de lui. Elle avait conduit comme une débutante, n'avait pas anticipé, c'est sûr, il allait lui faire une scène. Il releva sa visière, et tapa à la vitre.

— Eh oh, ça va ?

Pas de réponse. Julia gardait les yeux baissés sur ses genoux en claquant des dents. L'homme ouvrit la portière, il avait relevé sa visière, le regard n'était pas méchant.

— Rien de cassé ? Sortez de la voiture ! Vite ! Il n'y a pas beaucoup de circulation par ici, mais il faut poser le triangle, le temps d'essayer de tirer votre bagnole de là...

— Je... Je suis désolée... le... le... ch... chien, j'ai voulu l'év... l'éviter... je... je ne vous ai pas vu...

L'homme eut un petit ricanement amer.

— Je sais que vous ne m'avez pas vu ! J'ai failli le payer cher ! Faudrait travailler les réflexes, ou vous abstenir de conduire quand vous n'êtes pas réveillée !

Julia fouillait dans le coffre de sa Ford à la recherche du fameux triangle. Elle essaya de le déplier, mais elle tremblait tellement qu'elle n'arrivait à rien. L'homme le lui prit des mains, et courut le déposer, une cinquantaine de mètres plus haut.

— Bon, mettez-vous au volant, je vous indique la manœuvre et je pousse en même temps... Eh, oh ! Vous m'écoutez là !

Grelottante, Julia s'installa à la place du conducteur. Découvrant des cheveux bruns coupés courts et un visage plutôt jeune, aux traits réguliers, l'homme enleva son casque et le lui tendit. Elle le posa à côté d'elle, puis obéit aux ordres qu'il lui criait en poussant, le corps appuyé contre le capot. Après deux tentatives la voiture fut sur la route.

— Merci, je ne sais pas comment j'aurais fait sans vous !

— C'est votre jour de chance, le fossé n'était pas profond et nous n'allions pas très vite…

— J'espère que je n'ai pas estropié ce chien…

— Ne vous inquiétez pas, il a dû se barrer à travers la campagne, il doit être loin à présent…

Tous deux parlaient en balayant les bas-côtés du regard. Tous deux aperçurent, en même temps, le chien roulé en boule qui se cachait dans les herbes.

— Oh, mon Dieu !… mon Dieu !… qu'est-ce qu'on peut faire… s'il est blessé, il est peut-être agressif…

— Vous avez un chiffon ou une couverture pour l'envelopper ?

Julia extirpa du coffre un petit plaid polaire soigneusement plié

— Restez un peu en arrière…

L'homme s'approcha de la bête. Elle le vit s'agenouiller, parler doucement à l'animal et l'encourager à se lever. Elle s'était avancée vers eux.

— Je ne sais pas ce qu'il a. Il n'est pas méchant, mais il a un problème, là, à l'oreille, il est plein de sang, et bon Dieu, il pue !… merde… merde ! J'aurais mieux fait de rester couché aujourd'hui !

— On… on fait quoi ?

— Bon, on se calme, et on réfléchit… Vous allez baisser le dossier de la banquette arrière, étendre le plaid dans le coffre et on va le faire monter. Il ne sera pas trop enfermé comme ça… Je vais vous accompagner en moto jusque chez le vétérinaire de Barjac, c'est un ami, il avisera.

Heureuse de pouvoir se rendre utile, Julia se précipita vers la voiture avec la couverture, alors que le motard s'approchait soutenant et tirant à la fois l'animal traumatisé. Il réussit à le pousser à l'intérieur et referma la malle.

— Allons-y ! Vous n'avez qu'à me suivre…

Ils effectuèrent prudemment la quinzaine de kilomètres jusqu'à Barjac. L'odeur que répandait le chien dans l'habitacle était pestilentielle, Julia ouvrit les fenêtres pour ne pas suffoquer. Le motard roulait doucement, il lui donnait un peu de courage. L'animal ne bougeait pas, inquiet il se contentait d'observer la conductrice de ses yeux vert doré en gémissant.

Ils arrivèrent sur le parking de la clinique, un petit bâtiment ultra moderne, tout neuf, crépi d'une jolie teinte douce, jaune orangé, alors que le vétérinaire s'affairait à sortir du matériel de son 4x4. Le motard stoppa sa machine à côté de la grosse voiture couverte de boue.

— Salut Arnaud.

— Salut David. Qu'est-ce que tu fais là, à cette heure-là ? T'es pas au boulot ? Tu tombes bien, je voulais passer te voir pour te rapporter les gants que tu as oubliés à la maison l'autre soir, et te donner un bouquin sublime sur la moto que j'ai déniché le week-end dernier en me baladant avec Sophie, je l'ai pris pour toi…

— C'est sympa de ta part… J'accompagne cette dame dans la voiture, là. On a récupéré un chien mal en point sur le bord de la route, tu peux peut-être quelque chose pour lui.

— Il marche ?

— Pas super.

— Il est gros ?

— Je dirais 25 ou 30 kilos…

— Tiens, prends les clefs du cabinet, va dans le placard à gauche en entrant, et ramène la petite civière. Moi je finis de décharger ma bagnole. J'arrive de la ferme équestre de Méjannes... Une mise-bas qui partait mal...Je suis assez content de moi, surtout que pendant un petit moment, j'ai vraiment eu la trouille...

Julia, à deux doigts de vomir, autant à cause de l'émotion que de l'odeur du chien qui imprégnait l'air, descendit de voiture alors que David partait vers la clinique au pas de course. Elle serra la main du vétérinaire, un type de la cinquantaine, tout en muscles, le visage volontaire, l'œil noir comme du jais, le style rugbyman.

— J'espère que vous pourrez le sauver. Je me sens coupable... Ce chien s'est couché dans un fossé après avoir surgi devant ma voiture ! Je ne sais pas si c'est moi qui l'ai blessé, ou s'il l'était déjà...

— Vous avez du bol, j'avais annulé en catastrophe tous mes rendez-vous de ce matin à cause de cette jument. Je suis revenu plus tôt que prévu, je vais m'en occuper tout de suite.

Il disparut à son tour dans le bâtiment et réapparut presque aussitôt avec David portant le brancard replié sous le bras. Ils se chargèrent du chien. Julia les accompagna.

Les hommes posèrent la bête sur la table d'examen. Dubitatif, le vétérinaire la palpait.

— Pas l'air bien chouette tout ça... Bon, je m'en occupe, revenez dans une bonne heure... allez, dehors ! À tout à l'heure...

Julia se retrouva dans la rue, désemparée. Elle se retourna vers le motard.

— Je vous remercie pour tout. Vous pouvez partir maintenant. Je vais attendre, de toute façon, je n'ai rien d'autre à faire...

— Vous avez l'heure ?

— Oui, il est déjà onze heures !

— Merde !...Vous avez un portable ? Julia lui tendit son téléphone. Le motard sortit un numéro griffonné sur un bout de papier, il s'écarta un peu, puis il revint sur ses pas et lui rendit le téléphone.

— Bon, c'est foutu pour moi aujourd'hui. Je verrai mon client demain. Si on allait prendre un verre en attendant le bilan de santé du clebs.

Ils entrèrent dans un bar et commandèrent des cafés.

— Je me présente, je suis David Jourdan, j'habite dans un village à une dizaine de kilomètres d'ici…

— Je m'appelle Julia Lavigne. Je vis dans un mazet, à Talnay. J'ai loué la maison pour un an… Je suis navrée de vous avoir retardé dans votre travail… Je n'ai pas d'obligations, je peux attendre seule pour le chien, vous savez…

— Oh, ce n'est pas très grave pour moi non plus… Je travaille un peu suivant mon humeur…

Julia sourit.

— Travailler suivant son envie, c'est un luxe inouï, dites-moi !

— Oui. En réalité j'ai deux activités. Pendant la belle saison je dirige un parc d'accro-branche. Le reste de l'année, je suis ébéniste. Je travaille sur les commandes qui me plaisent… C'est-à-dire que pendant huit mois sur douze, je vis sans vraies contraintes, ça colle parfaitement à mon caractère…

La jeune femme poussa un petit soupir en repoussant sa tasse.

— Pas de contraintes !... Quelle chance vous avez !

— Vous avez des obligations, vous ? Vous venez de dire que vous n'en aviez pas…

— J'ai pris une année sabbatique. J'avais besoin d'une pause… mais après… après il faudra que je retourne au boulot ! Je suis employée de banque, et je déteste mon job…

Ils tuèrent le temps en discutant à bâtons rompus. Puis ils retournèrent chez le vétérinaire.

— Bon, je l'ai mis au repos, dans une cage, au chaud. La bonne nouvelle c'est que vous n'avez pas blessé ce chien avec votre voiture. J'ai l'ai examiné, radiographié, tout est ok. En revanche, des abrutis s'en sont débarrassés, et pour qu'il ne soit surtout pas retrouvé avec le tatouage, ils lui ont coupé l'oreille. Ça s'est infecté d'autant plus vite qu'il doit errer depuis un petit moment dans cet état… Je l'ai nettoyé. Avec des sulfamides et des antibiotiques, il devrait être rétabli dans quelques jours…

Julia était catastrophée devant tant de cruauté.

— Et qu'est-ce qu'il va lui arriver maintenant ?

— Si vous ne souhaitez pas le garder, il sera conduit dans un refuge…

— C'est quoi comme race ?

Le vétérinaire sourit.

— Je pense que c'est un croisement… un chien de chasse… probablement un Griffon Korthals et… une peluche… Il a la taille, et les couleurs blanche et marron du Korthals, mais il est plus rond, le museau est plus court, et le poil surtout est beaucoup plus long et fourni… c'est une toute jeune bête, très attachante, jolie, gentille… Dommage qu'elle soit tombée sur des cons !

— Je le garde !

Julia avait crié plus qu'elle n'avait parlé. Elle sentait peser le regard de David qui l'observait.

— Je crois que je saurai m'en occuper… Je veux le garder.

— Pas de problèmes. Vous pouvez venir lui rendre visite demain si vous le souhaitez. Si tout va bien, il sera à vous sous quarante-huit heures. Laissez-moi vos coordonnées, au cas où...

Tout le monde se salua et Julia rentra chez elle. À deux heures de l'après-midi elle stoppa sa Ford derrière sa maison. Elle tira le frein à main, coupa le contact et laissa tomber sa tête sur le volant. Elle pleura encore et encore. Elle pleura un torrent de larmes de fatigue, de tristesse, d'égarement... En une journée elle avait manqué mourir dans un trou, failli tuer un motard et écraser un chien perdu, elle avait aussi rencontré des gens plutôt gentils... Tout cela lui faisait réaliser à quel point elle se fourvoyait en s'isolant du monde...

Secouée par cette aventure elle ressentit le besoin de voir des gens, de revenir chez les vivants... Elle se voulait conciliante, prête à toutes les compromissions. Depuis longtemps Denis avait remballé son hostilité et tentait de renouer le dialogue. Elle se faisait tirer l'oreille et ne répondait pas aux petits messages embarrassés, qu'il lui adressait sur son portable. Ce soir-là, elle se décida enfin à l'appeler.

— D'accord, Denis, on fait comme ça. Je comprends très bien... Il vaut mieux que ce soit moi qui me déplace... Ce sera plus facile... Tu devrais être satisfait, je n'avais jamais eu autant de temps pour m'entraîner, je crois que j'ai fait de très gros progrès ! Donc je récapitule : je viens pour huit jours de répétition, entre Noël et le jour de l'An. On remet ça la première semaine de janvier, et on enregistre dans la foulée... ok ! Oui je cherche des idées pour la pochette... Promis... ok, ok... On fait comme ça... Bisous.

Ce soir-là, avant d'éteindre la lumière, Julia s'adressa à la Kelpie.

— Tu sais que tu es responsable de ce qui arrive dans ma vie, toi ? J'ai atterri ici, parce que tu m'as ramenée à cet endroit. Cette région m'avait plu, notre rencontre était la cerise sur le gâteau, elle a donné une aura particulière à mes souvenirs... Et maintenant... Maintenant j'ai reçu une bonne petite leçon de vie... Je sais que la solution n'est pas dans la solitude. Je sais que j'ai envie de me battre, que je dois me réinventer, autrement...

Elle éteignit la lumière et ajouta d'une petite voix :

— Je sais aussi que j'ai encore envie de plaire... Ce motard sans montre ni portable était plutôt gentil... Très sympa même... plutôt séduisant... beau...

Elle soupira, et se retourna en bâillant.

— Mouais, trop tout bien... Sûrement pas seul !...

6

Deux jours plus tard, Julia récupéra le chien. Elle régla deux cents euros de frais de vétérinaire et refusa catégoriquement l'éventualité de le faire tatouer.

— Vous ne croyez pas qu'il a payé assez cher les histoires de tatouage ? Il n'a pas besoin de ça ! Moi je ne le perdrai jamais ! J'ai l'habitude des chiens, il y en a toujours eu chez mes parents. Je vais bien m'occuper de ce nounours.

Elle s'exprimait tout en regardant l'animal qui la fixait comme s'il tentait de comprendre ses paroles. Elle l'équipa d'un beau collier en cuir tressé et d'une laisse neuve, l'invita à sauter sur la couverture disposée pour lui à l'arrière de la voiture et ils rentrèrent sans encombre au mazet. Elle lui présenta la maison. Après avoir flairé chaque recoin, il s'installa dans la grande corbeille de mousse, posée pour lui à côté de la cheminée, comme s'il avait toujours vécu là. Ce chien était vraiment adorable, son oreille en moins lui donnait une expression rigolote. Parfois un peu craintif, mais d'un tempérament joyeux, il manifestait à chaque instant son adoration pour sa nouvelle maîtresse, lui faisant des fêtes, la suivant partout et se blottissant contre elle dès qu'elle était assise. Il jouait le garde du corps au moindre bruit suspect. Sa présence était tranquillisante, elle se félicitait de l'avoir adopté.

Quatre jours s'écoulèrent, avant que le téléphone de la maison ne sonne. Surpris, le chien aboya. Julia qui se lavait les cheveux, remonta les escaliers quatre à quatre, trop tard, on avait raccroché. Elle appuya sur la touche rappel…

— Bonjour, excusez-moi, vous venez d'appeler, qui est à l'appareil ?

— C'est David Jourdan. Bonjour. J'étais curieux de savoir comment ça se passait avec le chien... Le véto a bien voulu me donner votre numéro...

— Pas de problème à signaler. C'est un amour. Il est un peu craintif, mais ça va bien. Je suis même ravie de l'avoir avec moi, il est de bonne compagnie et il me rassure...

— Super... Vous l'avez appelé comment ?

— Slap.

— C'est pas un nom de chien de chasse ça !

Julia se mit à rire.

— Je sais, mais je veux qu'il oublie sa carrière de chasseur !... J'ai hésité entre Slap, Pixel et Chamallow, il semblait préférer Slap...

— Alors, vous en faites un chien guitariste ?

— Mais oui, tout à fait ! Je vois que vous êtes un érudit...

— Je connais un peu la guitare.

— Voyez-vous ça... Eh bien, si vous avez envie de nous rendre une petite visite pour vérifier comment se porte notre ami Slap... Je ne bougerai pas d'ici de toute la journée...

— C'est une très bonne idée. Je passerai vers dix-sept heures si vous voulez.

— Ok. À tout à l'heure !

Nerveuse, Julia rangea la maison au carré, se fit aussi belle et cool que possible, aussi fébrile qu'une gamine à son premier rendez-vous. Lorsque David arriva, elle vérifiait sa tenue, mine de rien, pour la dixième fois. Il faisait froid, et elle s'était résolue à enfiler un gros pull irlandais par-dessus son chemisier, c'était moins sexy, mais réellement plus confortable. Elle entendit la moto pétarader dans le jardin, et se faufila derrière la baie vitrée pour aller à sa rencontre, le chien sur les talons. Slap courut renifler les bottes du motard qui enlevait son casque.

Julia lui tendit la main.

— Salut.

Il avait une poigne énergique.

— Bonjour. Je vois que Slap se porte comme un charme ! Dites-moi !

— Oui, il va bien, et il sent bon ! Je lui ai offert un shampoing et une longue douche...

Le motard fit la grimace.

— Aïe ! Attention de ne pas le transformer en chien chien de ville, sophistiqué...

David pivota sur lui-même pour admirer le décor. Un pâle soleil illuminait la façade, mais l'herbe et les bosquets ruisselaient d'humidité. Une légère vapeur montait du sol.

— Vous avez choisi un sacré endroit pour la méditation ! À la belle saison c'est génial, mais l'hiver ici, toute seule, ça doit tourner à la punition...

Julia eut un petit rire crispé.

— Je vous l'accorde, oui, ce n'est pas aussi idyllique et romantique que je me l'étais imaginé en brave fille de la ville ! Mais... c'est un challenge intéressant... Dans des conditions difficiles, on apprend beaucoup plus sur soi... Rentrons nous asseoir au coin du feu, je vous offre un café...

Bien qu'ils soient tous deux un peu intimidés, la présence de cet homme dans son séjour était vraiment très agréable. Il admira la guitare qui trônait sur son support et lui demanda de jouer quelque chose. Elle lui interpréta un morceau avec un brin de fierté tant elle mesurait les progrès accomplis ces trois derniers mois. Il la félicita.

— À vous maintenant. Vous m'avez dit que vous saviez jouer. C'est quoi votre style ?

— Pop, rock, folk, hard, il y a des trucs intéressants dans tous les styles… Hésitant, il égrena maladroitement quelques notes sur une seule corde, puis soudain, changeant d'expression il interpréta en virtuose un morceau de Bruce Springsteen. Julia, estomaquée, l'observait à loisir, alors que ses doigts glissaient sur le manche de la guitare et virevoltaient sur les cordes de manière innée. Son visage exprimant soudain une concentration intense semblait absorbé par la musique. Il n'était plus tout à fait le même. Ailleurs. Il lui apparaissait comme transcendé, dépouillé d'un masque, nu de toute émotion autre que celles vers lesquelles la mélodie le poussait. Chacune des fibres de son corps et de son âme à la fois habitée par les notes qu'il jouait, et intimement mêlée à l'instrument. La jeune femme, troublée et fascinée non seulement par le talent qu'il dévoilait, mais aussi par cette sorte « d'instinct » qui l'animait, pouvait affirmer, sans le moindre doute, qu'il était largement meilleur qu'elle !

— Mince alors ! Vous avez bien caché votre jeu ! Et moi qui croyais vous épater !... Je me sens un peu ridicule !

Il lui rendit l'instrument.

— Il ne faut pas, vous jouez très bien… En plus, vous possédez une guitare hors du commun, elle est très belle et agréable à jouer et d'une excellente sonorité…

L'heure tourna vite. Trop vite. En fin d'après-midi, ils se tutoyaient. Elle parla de sa vie parisienne, de son travail d'employée de banque, il évoqua son quotidien au rythme des saisons, son récent divorce, ses deux enfants de dix-huit et quinze ans.

Le jour tombait, la gêne revenait un peu.

— Et si nous allions au restaurant ?

— Je n'ai pas de casque pour toi.

— On prendra ma voiture. Tu conduiras si tu veux...

Ils se rendirent à Uzès, et choisirent pour la soirée un restaurant étonnement bondé. La salle voûtée aux pierres apparentes était à peine suffisamment éclairée, mais sur les tables de petites bougies blanches donnaient de la lumière tout en créant une zone d'intimité. Le bruit des conversations autour d'eux produisait un léger brouhaha qui rendait l'ambiance plus détendue encore.

Les doigts de Julia frottaient nerveusement la nappe, lorsqu'elle aborda avec passion la conversation sur son travail.

— ... Tu comprends, je ne pouvais plus continuer. J'avais l'impression de me consumer pour rien. Je n'avais plus de maison, plus de vie privée, plus de complicité à partager ; seulement des amitiés un peu fragiles, des regrets... Et pour couronner le tout, un travail que je déteste : des clients bouchés qui t'engueulent alors qu'ils sont fautifs, et une hiérarchie, les « costards-cravate », comme les appelle ma copine Marion, une hiérarchie lourde, plombante, dénuée d'humour, d'imagination. Des directeurs du 19e siècle, mais avec des listings, des ordinateurs et des téléphones portables ! Des gens mesquins pétris d'orgueil et d'ambition dont la grande fierté est d'exhiber une belle voiture ou d'habiter dans un quartier snob, la seule frivolité est de passer des vacances formatées en famille dans un club, aux Seychelles. Le système les a transformés en robots auxquels on a donné un mode d'emploi de la communication ! Si, si, je t'assure ! Ils suivent des stages pour apprendre à s'adresser au personnel. Le but est de t'embobiner, à grand renfort de sourires, de petites phrases amicales, d'airs compréhensifs et pacificateurs. L'expression, la gestuelle, le vocabulaire... Rien n'est naturel, rien n'est laissé au hasard, tout est étudié... Il y en a très peu qui sont bons à ce jeu-là. Ils sont mauvais comédiens et leurs grosses ficelles se remarquent à des kilomètres. Ils ressemblent à des dresseurs de cirque, nous le personnel, sommes les fauves ou plutôt le bétail...

Ils sont ridicules et c'est vraiment humiliant de travailler sous leurs ordres. Des gens qui t'écrasent de leur mépris, qui seraient prêts à te faire la morale parce que, et c'est ce qui me révolte, ils imaginent que leur choix d'existence est le bon ! Ils pensent qu'ils sont dans le vrai ! Ils croient qu'il n'y a pas d'alternative ! Ils sont persuadés que réussir sa vie c'est ça ! Et ils te donneraient gracieusement quelques conseils pour te tirer de ta misère existentielle !...

Emportée par la rage à l'évocation de son quotidien, Julia était devenue toute rose d'émotion, ses yeux brillaient trop. David fit semblant de n'avoir rien remarqué. Il leva son verre en souriant.

— « Autrefois nous craignions de mourir de faim, aujourd'hui nous avons la certitude de mourir d'ennui... » Cette pensée n'est pas de moi, je ne me souviens plus du nom de l'auteur, mais je la trouve assez juste. Je bois à cette année sabbatique qui t'a libérée du goulag !

Julia l'imita en riant.

— Je parle, je parle, et tu ne me dis rien sur toi...

David qui allait entamer son assiette de farcis à la provençale posa ses couverts sur le bord de son assiette, et resservit du vin.

— J'adhère complètement à ta vision des choses. J'ai moi-même connu, un temps, les supérieurs que tu évoques. J'ai commencé par travailler dans une boîte d'informatique où l'on récompensait le meilleur employé de l'année par une croisière sur le voilier du club Med. Je ne te raconte pas l'ambiance ! Mais, j'ai réussi à esquiver le problème : je me suis tiré. J'ai suivi une formation de menuisier-ébéniste. Je crois que je suis doué pour ça. Depuis tout petit, j'ai toujours aimé travailler le bois. Enfant, je passais des vacances chez un oncle menuisier. Il m'apprenait des choses et me montrait comment utiliser des outils plutôt dangereux. J'étais fasciné par ce qu'il arrivait à créer en partant de simples planches... Bref, juste après l'ouverture de mon propre atelier j'ai hérité de quelques hectares que j'ai pu transformer en parc d'accro-branche. Je ne me débrouille pas trop mal et surtout : à moi la liberté ! Je crois que notre vie n'est qu'un intervalle, un temps d'adaptation perpétuel durant lequel notre esprit, notre personnalité sont en constante évolution... Je suis d'accord avec toi, pour ne pas vieillir, pour rester vivant, il faut être curieux, s'intéresser, s'ouvrir, bouger, ne pas se laisser enfermer dans un modèle, savoir se révolter !

— Oui, je suppose qu'il faut de tout pour faire un monde : des gens rigoureux, comme des chirurgiens, des pilotes d'avion, des chercheurs, des banquiers à la con...

— Tu as raison, mais ça ne fait pas de nous une catégorie secondaire ou inutile pour autant ! Les banques ont aussi besoin des petites mains comme toi pour tourner. La société de loisir est heureuse de trouver mon parc, et les cadres friqués sont bien contents de faire appel à mes services pour fabriquer une commode sur mesure...

Ils trinquèrent à la bonne santé des casse-pieds et continuèrent gaiement leur repas. Puis ils revinrent au mazet, s'embrassèrent sur la joue, David remonta sur sa moto et rentra chez lui.

Deux jours s'écoulèrent sans qu'il donne signe de vie. Obsédée par le souvenir de cet homme, Julia ne sortait plus, elle craignait de manquer un appel. Le vendredi, en milieu d'après-midi, alors qu'elle lisait un livre dans la mezzanine, elle entendit le vrombissement de la moto. Il dut monter les marches quatre à quatre car elle arriva sur le seuil en même temps que lui. Elle fit coulisser la fenêtre. Il la serra dans ses bras et l'embrassa longuement. Il était si grand, qu'elle avait l'impression d'être toute petite dans ses bras. Elle aimait son odeur. Sa bouche était douce. Sous son pull, la peau était brûlante, tendre... Ils se portèrent mutuellement jusqu'à son lit.

— Mon ange, le jour où nous nous sommes rencontrés et... où tu as failli me tuer... était un jour de chance !

Julia se racla la gorge en grimaçant. Elle éclata de rire.

— Jour de chance, oui, si on veut... J'avais tout de même manqué mourir, le matin même, en tombant dans un aven !

— C'est pas vrai ! Raconte !

Ils étaient vautrés sous la couette, le dos calé par des coussins. Julia expliqua sa mésaventure sur un mode comique. C'était fou comme un changement d'état d'esprit permettait de relater de façon amusante une mésaventure qui s'était révélée terrorisante sur l'instant.

Il embrassa ses cheveux.

— Je comprends pourquoi tu as des griffures plein les mains et des bleus sur tout le corps. Je n'osais pas te le demander, je croyais que tu t'étais battue avec un ours ! Je comprends aussi pourquoi tu conduisais si mal...

Elle lui donna un coup d'oreiller. Cette fausse bataille servit de prétexte à une nouvelle étreinte.

— Dis-moi...

— Oui ?

— C'est quoi ce tableau ?

— La Kelpie.

— Connais pas !

— Une belle petite dame qui habite du côté de l'Écosse, au bord de l'eau. Elle se transforme en une jolie jument blanche, et quand un crétin avide monte dessus et cherche à la posséder, elle l'entraîne dans l'eau et le noie !

David siffla.

— Tu m'as l'air bien renseignée. J'espère que vous n'êtes pas de la même famille toutes les deux...

Julia regarda David dans les yeux.

— Non, je ne suis pas une Kelpie. Moi, je suis juste une souris qui se cache dans son trou... En revanche le tableau est bien à moi. Il est beau non ? Je l'ai acheté à Barjac, à la brocante...

Son amant plissa les yeux en observant la toile.

— Tu sais, pour ce disque dont tu m'as parlé... Tu devrais mettre ce tableau en jacket. Ça irait bien avec le titre que tu as joué hier. Water's Spirit. Ça ferait super...

— Mouais... pourquoi pas. Mais j'ai pas d'appareil photo valable ici, et je ne vais pas trimballer le tableau à Paris, c'est juste bon pour l'abîmer...

— Je m'en charge, j'ai le matériel qu'il faut. Je m'en occuperai demain...

— Ok. En attendant, si tu t'occupais de moi tout de suite...

7

Soudain, la vie de Julia connut un nouveau rythme. Peu importait la couleur du temps ou l'humeur du moment. Terminé la navigation à vue ! Elle structurait ses journées, y casait immanquablement les balades de Slap, la lecture de quelques pages d'anglais, histoire de maintenir son niveau, et un minimum de trois heures d'entraînement à la guitare. Tout le reste de son temps et de son esprit était consacré à David. Le plus souvent, ils se retrouvaient chez Julia, car elle refusait de véhiculer le chien ou de le perturber en l'abandonnant seul dans la maison.

Ils dînaient devant la cheminée et discutaient à n'en plus finir. Parfois, ils se blottissaient l'un contre l'autre, sur le canapé, pour regarder la télé. Mais, le plus souvent, ils se couchaient, s'aimaient, et, dans l'intimité de la pénombre, parlaient encore et encore, comme s'ils ne parvenaient pas à étancher leur curiosité. Ils dévoraient insatiablement ce bonheur tout neuf, ce cadeau que la vie leur envoyait sans prévenir, au moment où ils s'y attendaient le moins. Ils ne cessaient de se surprendre et de se découvrir.

— Tu comprends, quand nous nous sommes rencontrés, j'avais envie d'aller directement à la dernière page du livre...

— Attends, qu'est-ce que tu dis là ?

— J'en étais arrivée à la conclusion que ma vie ne serait plus qu'une longue période morne, vide, ennuyeuse... et j'avais envie d'arriver très vite au mot FIN !

— Mais c'est horrible !

— Nooon... je ne te dis pas que je souhaitais me suicider... Je t'explique simplement que je me préparais à m'ennuyer ferme durant l'espace-temps qui m'est imparti...

— Et maintenant ?

Julia s'étira nonchalamment avant de décocher un grand sourire à David :

— Maintenant je dirais que la vie est trop courte, mais qu'est-ce qu'elle est belle !

— Viens là.

David se calla contre les oreillers et serra Julia dans ses bras. Ses yeux se portèrent une fois de plus sur la Kelpie posée face au lit.

— Tu connais l'histoire de ton tableau ?

— Pas du tout. Le brocanteur m'a raconté qu'il l'avait acheté à une vieille famille italienne. Moi, ça m'étonne un peu... J'imagine qu'un sujet pareil ne peut enflammer que l'imagination d'un Anglo-Saxon romantique... Alors, comment le tableau serait-il arrivé au fond de l'Italie ?... Mais je peux me tromper... Après tout, on peut fantasmer sur toutes les hypothèses que l'on voudra... Je l'ai bien découvert en France ! Qui connaît en détail le parcours des objets vendus chez les antiquaires ? Peut-être qu'il est passé de maison en maison. Peut-être qu'il a été jalousement conservé durant de longues années par une seule personne, et que les héritiers, détestant la peinture, l'ont collé au grenier, puis, un beau jour, ils se sont décidés à s'en débarrasser... On ne saura jamais. C'est émouvant tout de même de penser que cette toile a traversé les événements de l'histoire et des familles. Elle a réussi à perdurer malgré tout pour arriver entière jusqu'à nous...

— Tu as raison. C'est un peu comme le vieux vin... Tu penses aux aléas climatiques de l'année des vendanges, aux événements historiques ou personnels que traversaient les petites gens travaillant au milieu des vignes ou dans les caves, aux acquéreurs qui se sont interdit d'ouvrir les bouteilles, à l'endroit où elles attendaient sagement durant les guerres... Il arrive un moment où on hésite... Être celui qui cassera la chaîne, pour quelques instants de plaisir... c'est une sorte de responsabilité.

Julia secoua la tête avec vigueur.

— C'est bien pourquoi je fais très attention à ma Kelpie ! Enfin, la maison est saine, je ne crois pas qu'elle soit en danger ici.

— Elle rend super bien en photo ! Surtout propose-la à tes copains pour la couverture de votre album ! Ça colle parfaitement avec le petit côté pop celtique de vos morceaux...

La jeune femme se blottit plus près encore de David dont elle devinait les traits éclairés par un rayon de lune. Il caressa ses cheveux soyeux, et enroula une mèche châtain doré autour de ses doigts. Elle lui répondit d'une voix un peu ensommeillée.

— Tu sais, j'essaye de garder les pieds sur terre. Je sais très bien que l'on n'atteindra pas la célébrité avec ce disque. Nous, nous avons le sentiment de réaliser quelque chose de beau, de pur, d'harmonieux... mais ce ne sera pas tendance, ce ne sera pas commercial... mais, bon, on va se faire plaisir !

— La célébrité résulte parfois d'une alchimie un peu étrange. J'ai lu l'autre jour une anecdote sur internet qui m'a laissé songeur. J'ignore si elle est véridique, je ne connaissais pas le nom de l'artiste cité. Il était relaté qu'un violoniste extrêmement connu avait donné un concert à guichet fermé au Metropolitan Opéra de New York. Le lendemain, vêtu en homme ordinaire, il est descendu dans le métro pour jouer du violon, d'une façon toujours aussi sublime. Une caméra cachée le filmait. Eh bien, la plupart des gens passaient sans s'arrêter, personne ne le reconnaissait, très peu lui ont accordé quelques instants d'attention... À la fin de l'article la question posée était : comment reconnaît-on la beauté ? Faut-il un contexte ?

— Elle me plaît beaucoup ton histoire, et puis c'est gentil de ta part de m'encourager, mais il faut rester modeste. Pas de faux espoirs ! Nous sommes dans un monde commercial. Justement comme tu le fais remarquer, on ne reconnaît pas forcément le beau ! Pour vendre de la musique, on doit être une bombe de vingt-cinq ans maximum avec un tour de poitrine avantageux, des fesses rebondies et se tortiller très, très déshabillée dans un clip suggestif...

Il effleura ses seins.

— T'as raison, tu manques un tout petit peu de poitrine... ça le fera pas...

— Mouais... C'est pas sympa de se moquer !... Plus que huit jours avant Noël... J'ai une légère appréhension à l'idée de remonter sur Paris et de retrouver la bande... Je n'ai pas envie de te quitter...

Il l'emprisonna dans ses bras.

— Moi non plus, je n'ai pas envie que tu partes, ça me fait peur... Si tu veux, je garderai Slap avec moi, comme ça je serai certain que tu reviendras...

Bien sûr, ils vivaient une passion toute neuve avec un profond bonheur ! Mais ce soir-là, lorsqu'ils s'endormirent, chacun avait un petit voyant rouge qui clignotait au fond de son esprit. Chacun s'interrogeait en silence sur l'avenir de cette histoire. Une fille blessée dont la famille, les amis et surtout le travail se situaient à près de huit cents kilomètres de ce paradis. Un homme profondément enraciné à cet endroit, dont les enfants, les relations, les centres d'intérêt étaient implantés ici, et nulle part ailleurs.

8

Julia regagna Paris, et sa famille dans la valse des petites attentions, submergées par le flot ambiant des paillettes, des guirlandes et des illuminations ; ce festival qui apparente Noël, pour certains, à un état de grâce fabuleux, à prolonger le plus longtemps possible, ou alors, pour les autres, à un épisode mercantile déprimant vous entraînant vers la mélancolie, qu'il faut quitter d'urgence sous peine de profonde dépression.

La jeune femme faisait partie de la catégorie des amateurs de fêtes. Elle se sentait heureuse comme cela ne lui était pas arrivé depuis longtemps. Elle retrouva chaque membre de son groupe avec plaisir. En quelques mois, les cheveux poivre et sel de Denis s'étaient parsemés d'un peu plus de fils blancs. Grand et maigre, avec ses petites lunettes aux montures inexistantes, il prenait une dégaine d'intellectuel branché, mais semblait plus détendu qu'au mois d'août. Nicole, son épouse, restait classe, imperturbable, politiquement correcte... Hubert, fidèle à lui-même, toujours jovial et aimable se serait damné pour faire plaisir à Marion, on aurait dit qu'il se nourrissait de son aura, le regard brillant dès que la jolie jeune femme surgissait à ses côtés. Quant à Marion, elle continuait son bonhomme de chemin, légère, ingénue, espiègle, étourdie, désarmante. Julia était ravie de la revoir, et les deux copines dévalisèrent ensemble les boutiques une journée durant. Elles se faufilaient sur les trottoirs entre les files de passants agglutinés devant les vitrines rutilantes, les mains enserrant nonchalamment la poignée de quelques sacs affriolants à l'effigie de grandes enseignes dont la sobriété ou au contraire l'éclat tapageur annonçait à lui seul l'imminence de fêtes. Il faisait extrêmement froid, Marion se blottit contre sa copine, glissant son bras sous celui de Julia.

— Les magasins ne t'ont pas manqué ?

En disant cela, elle avait pointé du menton une boutique de lingerie fine, dont les mannequins tronqués rivalisaient de tenues minimalistes en dentelles ou en soie, parfois bordées de rubans et même de liserés en plumes.

— Je croyais que non, mais je t'avoue que cette journée en ville, avec toi, m'éclate vraiment, surtout avec ta manière si particulière de repérer les vêtements !

Marion avait une théorie qui amusait beaucoup Julia. Elle choisissait ses habits pour « leurs secrets ». En réalité, elle tombait sous le charme de leur finition : la poche intérieure d'un jean fabriquée dans un coton fleuri d'une douceur extrême ; la couture d'un col de chemisier cachée d'une ganse de velours ; le revers de ceinture d'un pantalon habillé d'un tissu satiné ; la broderie ornant l'intérieur d'une veste...

— La classe, la féminité, c'est ça ! Je préfère les fringues pour ce qu'on ne voit pas au premier abord. Je les aime pour ce que je suis seule à connaître, pas pour ce que tout le monde distingue !

— Au fond, c'est comme pour les gens, ce qui est vraiment important, c'est pas ce qu'ils veulent bien montrer d'eux, c'est ce qu'ils sont en dedans...

— Voilà, tu as tout compris ! Et quand je mets mes vêtements le matin, il n'y a que moi qui partage leurs secrets... J'ai un plus, quelque chose d'intime, de confidentiel, qui n'appartient qu'à moi !

Julia éclata de rire.

— Tu m'as manqué, Marion ! Tu ne sais pas comme c'est bon de te retrouver ! Je comprends bien tes explications, mais moi, dans ma campagne, j'ai un peu oublié ce genre de raffinement. Il n'y a pas de secrets dans mon K-way, ni dans mes bottes en caoutchouc d'ailleurs, ou alors, elles l'ont emporté dans un aven... Mais je préfère ne pas m'étendre sur le sujet...

Elle frissonnait chaque fois qu'elle repensait à l'épisode qui aurait pu lui coûter la vie. Honteuse, elle préférait ne rien raconter à ses proches afin de ne pas les inquiéter inutilement. Sur l'insistance de David, elle était retournée une fois aux abords du trou. Il avait apporté des planches longues et solides pour le refermer, car, comme il lui avait fait observer, l'endroit était extrêmement dangereux, même Slap pouvait se faire piéger... Soit elle lui montrait le chemin, soit il racontait tout aux Maurin, et leur faisait un beau scandale en plus, ce qu'elle refusait catégoriquement, on l'aurait encore sermonnée ou regardée de travers... Elle s'était donc exécutée, en se jurant de ne plus jamais remettre les pieds par là.

La voix de Marion la tira de ses réflexions.

— Ouais, ouais, mais d'après ce que j'ai cru comprendre, il y a des secrets dans ton lit, sous la couette ! Allez... Dis-moi encore, comment il est ?

Julia serra un peu plus le bras de Marion.

— Ça suffit ! Je t'en ai assez parlé comme ça, et les secrets, par définition, on ne les déballe pas ! Allez, viens, allons nous goinfrer, je meurs d'envie de dévorer une gaufre au chocolat !

Une femme admirait la vitrine d'un parfumeur où s'entassaient des coffrets artistiquement empilés. De la main droite, elle berçait machinalement une poussette dans laquelle un bébé se tortillait en geignant de fatigue, d'impatience, de faim, ou alors, peut-être était-il seulement sale. Elles contournèrent l'obstacle et Marion adressa un sourire attendri à l'enfant. Il portait une étrange combinaison terminée par une capuche surmontée de petites oreilles d'ourson. Elle taquina Julia :

— Il est trop mignon et pourtant je suis sûre qu'un môme pareil ne te donne pas envie d'enfanter...

Julia fit une petite moue triste.

— Bien vu, très chère ! Mais tu le sais bien, mon problème est plus profond que la crainte de quelques caprices. J'arrive à peine à tenir debout moi-même – je veux dire, dans ma tête – alors comment veux-tu que je prenne la responsabilité d'un être qui a tout à construire !

— Si tout le monde se posait autant de questions l'espèce humaine serait en voie d'extinction !

Julia s'irrita.

— Et ça ne serait peut-être pas plus mal ! Et puis JE ne suis pas toute la planète, J'AI le droit de ne pas rentrer dans le moule et de refuser de faire des enfants ! Foutez-moi tous la paix avec cette histoire !

— Ça va, cool !... C'était juste pour amener la nouvelle : je suis enceinte... Mais, ça doit pas trop t'intéresser...

À cet instant, elles traversaient un ravissant petit square parsemé de sapins aux décorations sophistiquées, Julia s'arrêta net et attrapa Marion par le cou.

— Ce que tu peux être con parfois ! Elle serra très fort sa copine. Je suis super heureuse pour toi Marion ! Je sais que tu as envie d'un bébé. Tu le mérites. Je te souhaite un énorme bonheur avec lui !

Marion, émue, se dégagea de l'étreinte un peu étouffante de Julia.

— Et moi, qu'est-ce que je dois te souhaiter ?

— Sans hésiter je te répondrai : un mec sympa qui ne cherche pas à me persuader que quarante ans est un âge idéal pour faire un gosse ! Un mec qui serait sur la même longueur d'onde que moi. Il m'offrirait des surprises genre week-end sous un tipi, dans la montagne, pour admirer le soleil levant au petit matin... Ou alors une nuit dans un palace italien de la Riviera, avec vue sur la mer et dîner romantique...

— Mais ça, c'est presque fait, tu l'as déjà trouvé ce mec.

— Tais-toi ! C'est bien trop tôt pour en parler, tu vas me porter la poisse !

Elles achetèrent leurs pâtisseries et s'installèrent dans un bar pour les déguster.

— Qu'est-ce qu'on commande avec ça ?

— Ch'sais pas, du thé ?

— Du thé ! Tu débloques ! À force d'habiter à la campagne, tu oublies d'être rock 'n roll ! Moi, j'ai pris des habitudes du côté de Lille et de Roubaix, mais bon, vu mon état il va falloir que je change pour quelques mois... On va dire qu'aujourd'hui, avec toi, c'est la dernière fois que je m'alcoolise jusqu'à la naissance du bébé.

Marion interpella le garçon et commanda deux bières blanches légères.

— Et alors c'est comment du côté de Roubaix ?

— Parle-moi plutôt de Lille, ça, c'est une super ville, jeune, vivante... Pour ce qui est de Roubaix, le top, c'est l'endroit où je travaille, le « Musée de la Piscine »...

Elle avait prononcé le nom du musée avec un mélange de respect et d'exaltation. Dans le même élan elle fouilla son immense sac à main dont elle extirpa une plaquette descriptive écornée concernant le fameux établissement. Elle la tendit à Julia.

— Regarde un peu, c'est un endroit fa-bu-leux ! Tu sais, moi c'est l'informatique qui me branche ; les musées c'était pas trop mon truc jusqu'ici. Je me suis trouvé un job là-bas par hasard... Mais ça m'a réconciliée avec ce genre d'endroit, ce n'est pas mort, ni poussiéreux et on n'expose pas d'œuvres religieuses déprimantes ou sanglantes. C'est une ancienne piscine couverte, style Art déco... Tu vois, là, sur la photo, on aperçoit la verrière en vitraux et les mosaïques... On a conservé une partie du bassin au bord duquel sont disposées des statues magnifiques... Certaines sont d'une gaîté incroyable, des femmes, belles, fines, souriantes, des mères et leurs enfants, c'est tendre, joyeux... Les anciennes cabines de douche servent aussi de vitrines pour des expositions permanentes ou temporaires, et les peintures, elles sont lumineuses, fraîches, vivantes... Souvent, je déjeune en vitesse, et je me balade un moment dans le musée avant de retourner bosser. Je suis devenue une intime de Vuillard, Bonnard, Dufy, Marquet, Rodin, Claudel, Joffre, Pompon, Mérignargues...

— Eh bien, on dirait que ton patron t'a embauchée pour faire la pub ! Tu me donnes vraiment envie de le voir, ton musée ! La prochaine fois que je viens, c'est promis, j'irai y faire un tour !

Le bonheur était presque parfait, si ce n'était l'absence de David qui partageait la fin d'année avec ses enfants. Le matin de Noël, elle ouvrit le petit paquet qu'il lui avait remis avant son départ. Il contenait un médiator en argent accompagné d'un message :

« Garde-le toujours avec toi, il te permettra de communiquer avec moi. Pour éviter tout problème de transmission de pensée, il faut le prendre dans ta main, fermer les yeux, imaginer... et surtout en fin de message dire... (À voix basse !) "Mon cœur, tu me manques, je suis là !" Si tu te trouves sur un bateau, ce sera plus compliqué ! Il faudra plonger, rester au moins cinq minutes dans l'eau en tapant fort la surface et hurler à pleine voix "Je t'aime !" avec le risque de te faire bouffer par un requin... C'est toi qui vois... »

Elle souriait en lisant. C'était bien David ça ! Tendresse et humour à la fois. Elle se jeta sur le téléphone. Elle devait lui parler, là tout de suite, pour se consoler de cette interminable séparation !

Les répétitions avec les amis musiciens recommencèrent à une cadence effrénée. Un seul objectif : rattraper le temps perdu afin d'être prêts pour la réalisation de leur CD. Ils avaient tous progressé. Le résultat dépassait leurs espérances. Denis s'était chargé de réserver un studio d'enregistrement renommé aux abords de la capitale. Le groupe devait relever un défi de taille : enregistrer huit morceaux en cinq jours. Cette fantaisie coûtait mille huit cents euros par jour. Chacun avait payé sa part, et jamais le temps ne leur sembla aussi précieux ! Mais c'était la petite folie qu'ils étaient déterminés à s'offrir au moins une fois dans leur vie, ils baignaient dans l'excitation et l'euphorie...

Le jour J, en pénétrant dans le local, ils ne furent ni surpris par la configuration du studio, ni impressionnés par le matériel devant lequel officiait un ingénieur du son, ultra professionnel. Les systèmes d'enregistrement numérique, les tables de mixage, constituaient un ensemble d'équipements et de machines sombres, truffées de boutons, de curseurs, de signaux lumineux, de cadrans à aiguille, qui donnaient pourtant l'impression de se trouver dans la cabine de pilotage d'un Boeing.

Malgré leurs airs blasés, la décoration les laissa cependant pantois. Des affiches de concerts plus ou moins récents de Lou Reed, Blondie, Led Zeppelin, Tears for Fears, Supertramp, Guns and Roses, Queen, Police, Pink Floyd, Cold Play ; un pêle-mêle de photos dédicacées par Mick Jagger, Phil Collins, Carlos Santana, Robert Plants, Davis Bowie, JJ Cale, Rory Gallagher, Patti Smith, Paul McCartney... ornaient les murs, sans parler du joyau trônant dans une vitrine, telle la couronne d'Angleterre : une réplique de la guitare blanche striée de noir de Dieu en personne : celle de Eddie Van Halen, dédicacée par lui-même !

Une fois remis de leurs émotions et familiarisés avec les lieux, ils apprécièrent l'acoustique feutrée de la cabine d'enregistrement et se mirent au travail. Cette première journée était irréelle et terrible à la fois car les cinq musiciens se voyaient incapables de s'accorder sur l'arrangement définitif de leur musique. La technologie offrait une nouvelle dimension à leurs compositions et, à la lueur de tous les moyens mis à leur disposition, ils se rendaient compte qu'ils auraient pu travailler à l'amélioration de leurs morceaux durant des jours ! L'homme de l'art suggérait telle ou telle sonorité, un écho, une variation, une résonance... là c'était le violon ou le piano qui prenait plus d'importance, mais on pouvait métamorphoser le passage en mettant en valeur la grande pureté de la guitare. Là, on pouvait moduler les effets de batterie, rajouter un souffle de vent, un tintement cristallin, accentuer un rythme pour évoquer dans une chanson abordant le thème du temps qui passe, les secondes s'égrenant sur le cadran d'une horloge, ou une réverbération donnant la sensation d'un son qui s'éloigne à l'infini... Chaque fois, les musiciens croyaient entendre un nouveau morceau, et aucun d'entre eux n'était capable de déterminer quelle version serait la meilleure. Ils repartirent le soir, épuisés, presque abattus, avec un échantillonnage enregistré sur un CD.

Comme la perception des odeurs s'embrouille lorsqu'on hume plusieurs parfums de suite, leurs oreilles fatiguées mélangeaient les sons, ne discernaient plus rien. Ils s'octroyèrent une pause de deux heures, le temps de dîner dans une brasserie devant de grands bocks de bière, puis se réunirent ensuite pour un premier tri, veillant à respecter les goûts de chacun afin d'éviter de s'égarer dans de nouvelles discordes.

Le lendemain, ils débarquèrent au studio, las, énervés, frustrés. Ce n'était pas pour rien que certains groupes mettaient des semaines à peaufiner un disque ! Ils s'étaient lancés dans l'aventure avec une grande naïveté. À présent, ils entrevoyaient le potentiel de leur musique, démultiplié grâce à la technique. Mais, bousculés par les délais, ils devaient accomplir des choix, sans avoir eu le temps d'aller au fond des choses. Ils craignaient de passer à côté de la réussite à cause de trop d'amateurisme. Les jugeant perdus dans des débats stériles, l'ingénieur du son calma les esprits avec tact, il les assista, les accompagna. Il leur restait huit demi-journées, soit une par morceau. En abordant chacun d'entre eux avec méthode et sérénité, ils s'en sortiraient très bien... À partir de cet instant, la réalisation du disque fut une expérience fantastique et un pur moment de plaisir.

La photographie proposée par Julia pour servir de couverture au boîtier du CD fut adoptée à l'unanimité. Hubert la confia à un ami maquettiste pour une maison d'édition, afin qu'il se charge de l'adapter à leurs exigences. Nicole, quant à elle, s'occuperait des démarches auprès de la SACEM et du syndicat national des auteurs-compositeurs. Ils se prenaient tous au jeu et rêvaient, pourquoi pas de petite ou grande célébrité. D'ailleurs, le copain, du cousin, du frère, etc., de Marion travaillait pour une radio... Cette relation, tellement improbable qu'ils auraient pu se demander si elle était réelle, les aiderait à franchir les portes de la reconnaissance en révélant leur talent sur les ondes !

9

Julia bouillait d'impatience et de fierté mêlées sur la route qui la ramenait vers David. Le retrouver au plus vite ! Bientôt partager avec lui la joie de découvrir l'œuvre finie. Hubert lui enverrait une dizaine d'exemplaires dès qu'ils seraient disponibles. Elle imaginait l'instant où elle se jetterait dans les bras de son amant, où il la serrerait si fort que ses pieds ne toucheraient plus terre, où il l'embrasserait si longtemps qu'elle voudrait se perdre en lui ! Slap se mêlerait à leur bonheur en sautant frénétiquement autour d'eux... Une vraie scène de cinéma !... Et le jour où elle lui offrirait son CD, admiratif, il la féliciterait de s'être si bien battu pour son rêve... Peut-être viendrait-il à la poste avec elle pour récupérer le colis, ils l'ouvriraient ensemble et leurs lèvres se toucheraient encore et encore... Mais, on n'était pas au cinéma ! Une légère ombre planait sur cette représentation saveur guimauve. Trois semaines de séparation, et la voix de David avait un peu changé, elle le sentait distant. La veille lorsqu'elle lui avait demandé s'il y avait un problème il avait répondu, un peu évasif « Non, tout va bien. Profite de tes vacances ! » Ça n'avait pas suffi à dissiper son malaise.

Un baiser un peu sec sur les lèvres ; David affichant une expression indéchiffrable ; Slap bondissant partout pour manifester sa joie ; elle... désemparée... Voilà à quoi ressemblèrent les retrouvailles. Mis à part le comportement du brave cabot, fidèle à lui-même, la scène ne fleurait pas le romantisme imaginé par Julia ! Une main posée sur la poignée de la porte d'entrée, David n'ébauchait pas le moindre signe de bienvenue.

— Euh... Il y a un problème ?

— Entre, on doit parler...

Julia se dirigea dans le salon qu'elle connaissait bien et posa la pointe des fesses sur le fauteuil de cuir où elle avait pris l'habitude de s'asseoir lorsqu'elle venait ici, avec le sentiment, cette fois, qu'il s'agissait d'un « siège éjectable ».

— Je te sers quelque chose ?

— Non. Je n'ai pas soif. Et puis zut à la fin ! À quoi on joue ? Parle ! Qu'est-ce qui se passe ?

— J'ai réfléchi. Je t'aime si fort… Je ne veux pas te blesser… Je crois qu'il faut que nous arrêtions de nous voir…

— Ah !? Tu peux développer ?

— Ça me rend malheureux, mais nous allons où comme ça tous les deux ? Je t'aime tellement, tu m'as tellement manqué durant ces trois semaines, c'était une vraie descente aux enfers, et pourtant je savais que tu revenais vite. Mais j'étais incapable de faire quoi que ce soit. Ton image s'interposait devant moi tout le temps. Je ne pouvais rien apprécier parce que tu n'étais plus là !

— Et c'est pour ça que tu veux me quitter !?

— J'ai tourné et retourné le problème dans tous les sens. Je n'ai plus envie de vivre notre histoire en secret. Je veux te présenter à mes amis, ma famille, mes enfants… mais toi, dans six mois, tu disparaîtras ! Tu repartiras dans ta banque et ce sera fini ! Je ne veux pas que nous nous appartenions seulement une fois de temps en temps ! Je ne peux pas quitter cet endroit, tu ne peux pas quitter ton boulot… C'est perdu d'avance ! Je préfère souffrir tout de suite plutôt que vivre avec toi des moments merveilleux, gâchés à la perspective de te perdre. Je ne choisirai pas d'ignorer le problème pour me retrouver encore plus paumé quand tu partiras ! Tu n'es pas une simple aventure pour moi !

— Je te félicite, c'est la première fois que j'entends une déclaration d'amour pareille ! Et moi alors, tu ne me demandes pas mon avis ! Tu nous supprimes, c'est tellement plus facile !... C'est bien toi qui disais un jour, il n'y a pas si longtemps, que l'on a qu'une seule vie ! Qu'il faut saisir chaque instant ! Que l'on n'a pas le droit de s'enfermer dans une coquille pour se protéger, parce que sinon, on est une larve, on est déjà mort !

Elle se leva, saisit Slap par le cou, fixa la laisse sur le collier.

— J'ai compris le message. Une rupture, c'est laid... pour celui qui la souhaite et qui veut se débarrasser de la corvée au plus vite en évitant les vagues tout en conservant un peu d'élégance, et pour celui qui la subit, qui s'accroche à des lambeaux de logique et à des souvenirs qui n'ont plus de sens, tout en affichant un peu de dignité... J'abrège donc cette situation ennuyeuse et embarrassante pour tous les deux !

Elle tira sur la laisse du chien, parcourut quelques mètres en direction de la porte, revint sur ses pas, fouilla la poche de son jean à la recherche du médiator d'argent qu'elle lança sur la table basse.

— C'est bon, nous n'en avons plus besoin ! Il ne servira plus...

David était resté debout, légèrement tassé sur lui-même. Il l'avait regardée partir, sans rien dire, sans tenter le moindre geste dans sa direction, l'air absent. Julia était en route pour le mazet, contenant difficilement l'eau qui lui brouillait la vue.

— Le salop ! Le con ! Mais quel lâche ! Non et moi, je me suis regardée ? Quelle andouille ! Quelle gourde ! Quelle conne !

La nuit tombait, elle fit une embardée pour éviter à la dernière minute un scooter dans un virage.

— Oups ! Bon, tu te calmes là, parce que tu deviens franchement dangereuse, tu pleureras à la maison !

Pour éviter de fondre en larmes, elle parla à Slap dont le regard vert doré la couvait de tendresse et dont l'oreille unique, extraordinairement mobile changeait de position à chaque inflexion de voix de sa maîtresse.

Julia ouvrit largement la fenêtre pour que l'air frais lui fouette le visage et l'aide à contenir son émotion.

En arrivant à Talnay, une neige lourde et collante encombrait le sentier conduisant au mazet. Le chemin étant impraticable, elle dut laisser son véhicule au village. Elle libéra Slap qui se mit à gambader, frétillant d'excitation, prenant de l'avance, revenant sur ses pas, sans comprendre pourquoi sa maîtresse marchait avec tant de lenteur. Son sac de voyage dans une main, le flycase de sa guitare dans l'autre, elle progressait péniblement, le corps gelé, les pieds mouillés, désemparée. Comme elle le redoutait, elle aperçut soudain le câble noir du téléphone, rompu, pendouillant lamentablement le long d'un poteau gorgé d'humidité. Une vague de désespoir l'envahit, si elle n'avait pas été aussi fatiguée, elle aurait sauté dans sa voiture et serait repartie tout de suite pour Paris.

Elle ouvrit la maison glaciale. Alluma une fois de plus le feu dans la cheminée. Définitivement coupée du monde, elle se roula dans une couverture, et, réduite en une boule de chagrin, pleura à chaudes larmes.

— Eh bien ma petite, tu t'es plantée encore une fois !

Elle jeta le dixième kleenex trempé dans les flammes, but un grand verre d'eau, essuya ses yeux bouffis de larmes, sortit un cahier et un crayon.

— Il faut avancer, chercher des idées pour rebondir ! Tu te prélasses depuis quatre mois, tu te perds dans des histoires sentimentales à la gomme et dans des rêves débiles, alors que tu n'étais pas venue chercher ça ! Trouve des solutions pour changer !... Ou alors arrête de te plaindre et tu ne viendras pas pleurer lorsque tu seras devenue une petite vieille aigrie, avec des cheveux violets et un caniche gris mité, qui sera passée à côté de sa vie !

Elle nota quelques idées sur son bloc de papier, mais rien de très convaincant, persuadée qu'il était trop tard, qu'elle était trop âgée pour tout, elle se fustigea, se traitant de « reine des incapables » vouée à se résoudre, faute de volonté et d'intelligence, à rentrer dans le rang des ternes employées de banque. Elle n'était qu'une pauvre fille pathétiquement romantique, aussi vite égarée dans une histoire de cœur qu'une adolescente ! Une fois de plus, bercée par la pernicieuse illusion d'éprouver des sentiments partagés, elle s'était abandonnée à la tiédeur d'un bonheur toxique. Le retour à la réalité s'avérait plus douloureux que jamais. Une peur abyssale quant à son avenir l'étreignait tout entière.

Elle trouva au fond de son sac à main une boîte de Lexomil, ce vieil ami des mauvais jours, en avala une barrette complète et s'endormit en sanglotant sur le canapé, recroquevillée contre son chien qui semblait compatir à sa détresse.

Le vendredi 22 janvier 2010, soit environ une semaine après son retour de Paris, Julia fêta, seule, l'anniversaire de ses quarante ans. Ses amis et sa famille lui téléphonèrent, puisque la ligne enfin réparée fonctionnait de nouveau. Ils lui avaient envoyé de petits cadeaux, mais retard postal, grève ou erreur d'adresse, elle ne reçut rien ce jour-là. David ne s'était pas manifesté, après tout, pourquoi l'aurait-il fait ? Il s'était débarrassé d'elle comme il le souhaitait, non ?! Elle affronta bravement cette journée cruellement déprimante, s'offrit quelques vêtements dans les boutiques d'Uzès et un repas dans le restaurant où elle avait dîné la première fois avec David, histoire de retourner un peu le couteau dans la plaie... Mais il avait raison ce garçon après tout ! Elle ne connaissait pas d'autre métier que celui d'employée de banque, sans agence pour l'embaucher par ici, comment travaillerait-elle ?... Lui ne pouvait pas partir... Ils se fatigueraient tous les deux d'une histoire épisodique dans laquelle ils ne pourraient rien construire de véritable ensemble... Oui, mais alors, où était la passion dans tout ça, le petit grain de folie, de déraison, de piment, l'aveuglement propre à toute histoire d'amour ? Tout s'embrouillait en elle, elle manquait de recul et décida, dans la mesure du possible, de ne plus penser à lui.

Lorsqu'elle rentra chez elle, Julia trouva, glissée entre le volet et la baie vitrée, une enveloppe qui contenait le médiator d'argent ainsi qu'un petit mot : « Tu me manques. Je te demande pardon. J'aimerais que tu gardes cet objet. Peut-être qu'un jour tu ne seras plus fâchée contre moi, tu accepteras de me parler... Je me suis trompé : vivre sans toi est pire que tout ! Je t'aime. »

— Quel imbécile ! Quel culot ! Il me bousille, me réduit en bouillie, et vient en rajouter une couche maintenant. Mais à quoi il joue ! On n'a plus dix ans, merde !

Julia réprimait tout de même un petit sourire. Elle monta ranger le médiator sur une étagère, au-dessus de son lit et s'adressa à la Kelpie.

— Toi ma belle, tu as tout compris aux mecs, tu les noies et on n'en parle plus... moi, que veux-tu, j'ai du mal à me montrer si radicale...

Quelques jours plus tard, début février, Julia reçut les CD. Une onde de fierté la parcourut en découvrant l'objet. Elle introduisit le disque dans sa mini-chaîne stéréo et contempla le boîtier. La photo de la Kelpie ornait le dessus. En haut, les mots « Water's spirit », à la fois intitulé du disque et titre phare, s'étalaient en lettres manuscrites, en bas, de la même manière, le nom du groupe, « Blizzard », s'affichait avec élégance. À l'intérieur, des photos du groupe, et les textes des chansons, apposés par-dessus la

Kelpie, traitée cette fois de façon sépia rappelaient certaines présentations de groupes professionnels. Julia prit un exemplaire qu'elle partit glisser, le cœur battant, dans la boîte à lettres de David. Puis elle regagna très vite son mazet.

10

— Eh bien, mademoiselle, vous faites un peu de ménage ?

Loin, très loin de là, à l'autre bout de la France, un dossier sous le bras, le conservateur du musée de Roubaix venait de pénétrer dans son secrétariat. Marion, la petite dernière des employées l'amusait. Extrêmement compétente, elle n'en était pas moins terriblement « bordélique » comme le lui reprochait très souvent Hubert. Pour l'heure, à la recherche d'une vulgaire agrafeuse, elle retournait l'intégralité de ses tiroirs. Tout un fatras étrange s'étalait sur son bureau. Des feutres de toutes les couleurs qui ne lui servaient à rien, une loupe, deux tasses à café douteuses, une boîte d'élastiques éventrée, de vieilles notes de service, des trombones, le catalogue d'une agence de voyages, une boîte de collants noirs, quatre exemplaires de « Water's spirit »… Monsieur Ventura l'observait. Son regard bleu pétillait derrière ses petites lunettes cerclées de métal doré. Il portait une moustache et des cheveux très blancs, Marion le surnommait en privé « Père Noël » car il affichait effectivement le même visage bienveillant. En revanche, contrairement au bonhomme rouge, il était mince et sa personne incarnait l'élégance.

— Oh, je finirai plus tard… Vous avez besoin de moi ?

— Oui, il faut terminer rapidement la préparation du dossier pour la rétrospective sur Duncan Scott. Nous allons lui consacrer plusieurs salles. L'exposition débutera en avril, le vingt-cinq, pour le centenaire de sa disparition… Je suis assez fier de moi. J'ai réussi à réunir une quarantaine d'œuvres prêtées par des musées ou des collectionneurs privés. Il nous reste peu de temps ! Il faut organiser les modalités de transports, vérifier les assurances, contacter les maquettistes pour les plaquettes destinées aux visiteurs, les imprimer, penser aux affiches à la billetterie... Concernant la boutique, je souhaiterais aussi que nous puissions obtenir des autorisations en matière de cartes postales et de livrets... je pensais aussi, éventuellement, à des foulards... mais rien de plus ! Les tableaux déclinés en cravates, en tee-shirts ou en tasses à café me donnent la nausée... tant pis pour les ventes... Vous voyez mon petit, nous avons du travail ! Soyez gentille, remettez tout cela en ordre rapidement, je réunis toute l'équipe dans dix minutes pour expliquer les priorités et distribuer les tâches...

— Excusez-moi, je me dépêche, je suis à vous tout de suite !

Marion enfournait en vrac tout le bazar étalé quelques minutes plus tôt sur son bureau. Monsieur Ventura s'était approché, intrigué par la couverture des CD.

— Quatre exemplaires identiques... Est-ce qu'il s'agit de votre fameux enregistrement ?

— Oui, oui ! Je les ai apportés pour les copines qui veulent me l'acheter...

— Faites voir...

Monsieur Ventura prit entre ses mains un des boîtiers que lui tendait fièrement Marion. Il fronça les sourcils, saisit la loupe qui traînait sur le bureau, souleva ses lunettes, et examina la couverture, comme un diamantaire observe une pierre.

— C'est curieux, j'ai dû passer trop de temps avec Duncan Scott, je le vois partout... Où avez-vous trouvé cette photo ?

— C'est Julia, la guitariste du groupe qui nous l'a proposée. En réalité elle a photographié un tableau qui lui appartient... On l'a tous trouvé sympa... ça rend bien, non !?

— Il est signé son tableau ?

— Non, justement. Nous, on se demande si elle ne s'est pas fait un peu avoir. Elle l'a payé une fortune... mille euros je crois, dans une brocante... Elle en est complètement dingue !

— Et elle sait quelque chose sur son origine ?

— Non, je ne crois pas. Elle l'appelle sa « Kelpie » parce que c'est le mot qui est inscrit au dos de la toile. C'est la seule indication...

— Vous croyez que votre amie me laisserait examiner son tableau ?

— Je ne sais pas... Comme je vous l'ai dit, elle en est complètement dingue, elle l'emmène partout. Elle s'est installée pour quelques mois dans le sud de la France et l'a embarqué avec elle. Ça m'étonnerait qu'elle monte à Roubaix juste pour que vous puissiez l'admirer...

Monsieur Ventura reporta son attention une nouvelle fois sur le boîtier, déplaçant lentement la loupe sur chaque détail. Bien sûr on ne pouvait pas juger véritablement les couleurs sur une photo, mais ces lignes, ce style, cette sensualité... et puis il y avait le thème et le nom du tableau écrit au dos de la toile... Il était intrigué, chagriné... Peut-être se montrait-il un peu trop obnubilé par Scott à cause des préparatifs de la rétrospective... Peut-être allait-il se ridiculiser... pourtant... et s'il découvrait une toile encore méconnue de l'artiste ? Scott était venu plusieurs fois en France, il y était mort, pourquoi n'y aurait-il pas réalisé des œuvres ?

— Accepteriez-vous de me communiquer les coordonnées de votre amie ?

— Écoutez, elle est un peu soupe au lait en ce moment. Alors c'est moi qui vais lui téléphoner et elle vous rappellera si elle est intéressée.

11

Slap émit un hurlement qui ressemblait au jappement d'un chien de meute flairant une piste, puis il bondit devant la baie vitrée en aboyant frénétiquement.

— Tais-toi vilain chien ! C'est le boss de Marion qui arrive, alors un peu de respect ! Nous allons l'accueillir poliment, c'est pas parce qu'on vit dans un trou qu'il faut se conduire comme des sauvages...

Julia sortit pour accueillir son visiteur, qui avait dévalisé un coûteux magasin Timberland afin d'arborer le style « Week-end à la campagne » sans fausse note.

— Je suis très heureux de faire votre connaissance madame Lavigne... Tenez, puisque vous ne connaissez pas Duncan Scott, je vous ai apporté un ouvrage biographique sur lui, il y a énormément d'illustrations, vous verrez, c'est très intéressant...

Une fois les civilités et remerciements d'usage échangés, ils pénétrèrent dans le séjour. Le tableau, bien en évidence, face à un rayon de lumière, s'offrait aux regards dans toute sa splendeur. Silencieux, monsieur Ventura s'en approcha aussitôt et l'examina durant de longues minutes sous tous les angles. Julia eut tout le temps de préparer le café, puis elle s'assit sur le canapé, sans un mot, dans l'attente du verdict de son hôte.

— Écoutez, je ne peux pas affirmer qu'il s'agisse d'une œuvre de Duncan Scott sans une expertise approfondie. Mais j'ai le sentiment que cela pourrait bien être le cas... Ce tableau est merveilleux ! Vous ne pouvez pas imaginer ce qu'il représente...

— Cela confirmerait qu'il m'arrive parfois d'avoir du goût et que le brocanteur était un ignare !

Monsieur Ventura installé face à Julia dans l'un des vastes fauteuils de toile écrue, ses petites lunettes remontées sur le front, massa l'arête de son nez entre ses doigts pincés d'un air à la fois ému et préoccupé en murmurant une nouvelle fois

— Non, vous ne pouvez pas imaginer !... Je vais vous expliquer, vous allez comprendre, faites-moi passer le livre que je vous ai apporté s'il vous plaît.

Un peu intriguée, Julia obéit. Le conservateur feuilleta l'ouvrage quelques instants et s'arrêta dans les premières pages, il le lui tendit, ouvert sur un texte illustré d'une photographie ancienne qui représentait une jeune femme blonde, âgée d'une trentaine d'années, souriante, éclatante de vie et de beauté, maintenant un enfant boudeur sur le dos d'un poney shetland.

Le regard de Julia se promena de l'image au tableau avant de se poser sur M. Ventura.

— On dirait... On dirait...

— Oui ! On dirait que votre Kelpie et la jeune femme de la photo sont la même personne !... Aucun doute possible !

— Mais qui est cette fille ?

— Aileas Callaghan, fille d'un aubergiste de Portsoy, petite amie de Duncan Scott. Il l'a quittée pour devenir peintre à Londres, on sait qu'elle a failli en devenir folle de chagrin, elle n'avait que 17 ans à l'époque. Pour sa santé, son père a décidé de l'éloigner du village. Comme il avait un peu d'argent et que sa fille était intelligente, il l'a mise dans un pensionnat à Édimbourg. Elle est devenue institutrice, puis elle a rencontré un Lord, et bien qu'elle fût de condition modeste, ils se sont mariés. Aileas a vécu très heureuse dans le manoir de son époux auquel elle a donné quatre enfants. C'était une personne agréable, vive, enjouée, belle, musicienne, elle jouait du violon... sportive aussi : elle nageait comme un poisson, montait à cheval comme une amazone. Très appréciée de la bonne société, elle a laissé un souvenir légendaire, entretenu encore aujourd'hui par ses petits-enfants et arrière-petits-enfants. Elle est morte en 1918 de la grippe espagnole. Son mari fut terriblement affecté par sa disparition, inconsolable, on craignait le pire pour lui, et le pire est arrivé ! Un jour, il est parti faire une promenade en barque sur le lac de sa propriété. On n'a jamais su ce qui s'était passé, accident ou suicide... Dans tous les cas, le lendemain matin, on a retrouvé son corps flottant entre deux eaux, il s'était noyé... Je connais personnellement les auteurs de cet ouvrage. Ce sont des gens très pointilleux. Ils se sont rendus à Portsoy pour débuter leur enquête et ont fourni un véritable travail de détective pour finir par découvrir l'existence d'Aileas Callaghan. Vous imaginez bien qu'à l'époque de Duncan Scott, une jeune femme ne se vantait pas d'avoir connu des hommes avant son mariage... On aurait pu penser qu'il ne s'agissait que d'une information anecdotique sur le parcours de l'artiste, aujourd'hui elle prend toute son importance !

Julia écarquillait les yeux.

— Alors... Alors ma Kelpie serait Aileas Callaghan, et la légende se serait en quelque sorte réalisée !?

Julia complètement abasourdie bégaya :

— Mais... mais expliquez-moi comment les experts vont-ils déterminer à coup sûr qu'il s'agit bien d'un tableau de Duncan Scott ?

— Eh bien, outre le style, les pigments utilisés, la qualité de la toile, il y a des détails qui apparaissent parfois aux rayons X, et qui paraphent une œuvre... Les toiles de Duncan Scott subissent une préparation très particulière et les couleurs sont spécifiques. Il signe son tableau en bas à droite. Il marque le nom de l'œuvre au dos, à l'encre de Chine. Sans être graphologue, je connais bien son écriture, et je vous assure qu'ici, les lettres de « Kelpie » ressemblent fort à celles qu'il aurait pu tracer. Et enfin, comme je vous l'ai expliqué l'autre jour au téléphone, il grave immanquablement, dans le gesso, en haut, à gauche, une petite marque qui n'appartient qu'à lui : une sorte de brin de bruyère stylisé... C'était son secret... J'ignore la raison pour laquelle le tableau n'est pas signé, mais si le petit symbole apparaît, alors... Alors, nous avons probablement découvert une nouvelle œuvre et votre tableau vaut de l'or...

— Je ne sais pas trop si je dois m'en réjouir... Cette Kelpie est devenue une sorte d'amie... Elle avait déjà une valeur monumentale pour moi... Je n'ai jamais envisagé de m'en séparer. Si c'est un tableau de maître, j'aurai juste le souci de l'assurer pour une fortune... Concernant l'expertise, vous voulez que nous l'emmenions à Montpellier... Je n'aime pas trop l'idée de la balader comme ça ! En même temps, je vous avoue que je suis curieuse de connaître la vérité !

— Écoutez, elle ne risque rien. Demain elle voyage jusqu'au laboratoire du musée, vous la récupérez le soir, après c'est vous qui voyez... Mais, d'après moi, si vous décidez de vous en séparer, la mise à prix tournera autour de deux cent mille euros, peut-être plus... La vente se réalisera probablement deux fois cette somme-là, d'autant plus que son histoire est incroyable. Vous vous rendez compte, elle mélange le fantastique et la réalité !... C'est absolument prodigieux ! Duncan Scott est un préraphaéliste qui connaît une cote particulière. Il a un peu dévié du courant auquel il appartient. Ses toiles possèdent extrêmement plus de sensibilité, de finesse, d'émotion... Elles ont un mouvement, une grâce inégalée. C'est une chance : l'année 2010 lui est consacrée, cela va susciter un regain d'intérêt pour son œuvre et celle-ci est non seulement la plus belle mais aussi la plus énigmatique, elle va devenir légendaire... Vous pourriez commander une reproduction et vous défaire de l'original, vous n'auriez plus l'inquiétude d'un cambriolage et vous pourriez organiser votre vie à votre guise...

Julia hocha la tête. Elle ne dormait plus depuis une semaine. Depuis sa première conversation avec monsieur

Ventura au téléphone. Elle avait imaginé ce qu'elle ferait si le tableau révélait un secret sensationnel. « Vous pourriez organiser votre vie à votre guise », suggérait le conservateur... De quoi avait-elle envie ? Eh bien, de rester ici, avec David pardi ! Sans travail, mais avec de l'argent tout devenait possible ! Est-ce que David méritait le sacrifice ? Pour le savoir il fallait tenter l'expérience ! Alors pourquoi hésiter ? Parce qu'elle avait déjà connu beaucoup de désillusions et qu'elle s'était déraisonnablement attachée à la toile ! Avec sa guitare, cette Kelpie était la seule belle chose qu'elle possédait. Elle représentait bien plus qu'un objet de décoration, c'était une confidente à qui elle parlait souvent, une muse, une incarnation de ses propres émotions, c'était un talisman, et, gagnée par la superstition, Julia songeait que si elle s'en séparait un jour, elle le regretterait à tout jamais.

Monsieur Ventura dormit dans son hôtel à Uzès. Il récupéra Julia au mazet, tôt le lendemain matin, et ils partirent ensemble pour Montpellier. Durant les premiers kilomètres le conservateur fit des efforts louables pour entretenir la conversation, mais la jeune femme était beaucoup trop soucieuse pour jouer la décontraction. Découragé, le conservateur chercha la fréquence d'une radio de musique classique à laquelle il laissa le soin de mettre l'ambiance.

Dans le laboratoire, au bout d'un long couloir aux murs rose saumon, deux experts et un employé les attendaient en buvant l'infâme café d'un distributeur. Monsieur Ventura étant une personnalité dans sa profession, on avait sorti le grand jeu pour le tableau de madame Julia Lavigne. Au programme toute une série d'examens du plus simple au plus compliqué : examen optique avec une loupe binoculaire et prise de photographies afin de déceler les retouches ; infrarouges pour traverser la peinture jusqu'à l'image préparatoire ; spectrométrie à micro-fluorescence X pour faire réagir les pigments et éviter d'effectuer prélèvements et analyses. Monsieur Ventura participait activement à l'opération ; Julia tendue, le souffle en suspens, dans le même état qu'une mère qui accompagne son bébé hospitalisé, attendait le verdict. Elle ne voulait pas quitter son tableau d'une semelle. Les conclusions des deux experts furent formelles : on était bien face à une œuvre majeure de Duncan Scott, en parfait état de conservation, qui ne présentait aucune trace de restauration ni même de repenti. De surcroît, le petit brin de bruyère était bien là, gravé dans le gesso, et chance suprême, comme cela lui était déjà arrivé sur d'autres toiles, l'artiste avait laissé une trace d'empreinte digitale dans la peinture !

Julia ne savait pas si elle avait vraiment souhaité cela, sa Kelpie n'était plus anonyme ! Reflet d'une personne de chair et de sang, elle avait aussi un créateur illustre. Dorénavant, la Kelpie serait convoitée ! Il suffisait de voir l'empressement des deux experts auprès de Julia en fin de journée, il parlait de lui-même : « Comment avez-vous eu ce tableau ? Où le conservez-vous ? Avez-vous l'intention de le vendre ?... » Le lien de complicité à la fois naïve et mystérieuse entretenu par la jeune femme avec son tableau se délitait. C'était comme si un ami que vous croyiez connaître aussi bien que vous-même vous révélait soudain un secret ancien et absolument incroyable. Le conservateur raccompagna Julia sidérée. Il descendit de voiture pour l'aider à récupérer le tableau emballé dans une couverture, au fond du coffre, puis il lui remit sa carte, sans plus chercher à la pousser dans une décision trop rapide.

— Vous recevrez d'ici une semaine le rapport d'expertise. Réfléchissez bien à vos intentions, mais quoi que vous décidiez, soyez assurée de mon entière discrétion !

Julia adressa un dernier signe de la main à la voiture qui s'éloignait, puis tenant la Kelpie avec précaution, elle gravit rapidement les marches. Le mois de mars débutait, l'air était doux, on entendait pépier les oiseaux dans les fourrés, signe que la saison avançait et que les beaux jours seraient bientôt de retour.

12

Un morceau de papier coincé entre le volet coulissant et le mur dépassait. David était venu : « Mon ange, je voudrais te voir. Tu me manques trop ! Il faut que nous parlions. On ne peut pas arrêter une histoire comme la nôtre de cette manière. Laisse-moi une chance, je te demande encore pardon, j'ai besoin de toi. Je t'aime ! David. »

Tâchant d'ignorer le message, Julia replaça la Kelpie face à son lit.

— Et voilà, tout s'emballe, tout se complique !

La jeune femme s'assit en tailleur sur le tapis, face au tableau, feuilletant sans le voir le livre consacré à Duncan Scott, offert la veille par monsieur Ventura.

— Ma beauté, tu avais bien caché ta naissance ! Alors ! Comme ça, ton auteur est un séduisant et ténébreux Écossais, mort de façon tragique dans un petit hôtel de Caen ?... Tu es peut-être sa dernière inspiration... Le conservateur, et les experts disent que tu es une « œuvre aboutie », si parfaite que Scott ne peut t'avoir réalisée qu'à la fin de sa vie, lorsqu'il avait atteint le sommet de son art... Cette femme que ton créateur a choisie pour servir de modèle était si belle ! Et moi qui croyais que tu n'existais pas, que tu étais sortie de l'imagination enflammée d'un peintre inspiré par ta légende... Qu'allons-nous devenir, toi et moi !? Tu vaux une fortune, j'ai besoin d'argent... Ne prends pas cet air absent ! Zut, tout le monde a besoin d'argent !... Mais on ne vend pas une amie, une amie magique...

La jeune femme retourna dans son séjour, appuya sur le bouton de la télé. Elle voulait entendre du bruit, les sons de la vie quotidienne, même si ce n'était que la voix de l'animateur d'une émission hebdomadaire. Elle tomba sur son canapé, sélectionna la chaîne de Thalassa, émit un ricanement ironique :

— Tiens, c'est vendredi aujourd'hui, jour du poisson ! Viens voir, Slap ! Ça va t'intéresser ; il y a un gros cabot avec son maître sur un tout petit bateau de pêche !

Elle fit semblant de se passionner pour le reportage durant un petit quart d'heure, une main caressant l'oreille de son chien, l'autre triturant le message de David. Elle avait besoin d'une pause, trop d'idées tournoyaient dans sa tête.

— Je veux tout ! David, La Kelpie, la liberté donc l'argent...

Elle se leva, poussa le bouton de la théière électrique, alluma une cigarette, et marcha de long en large dans la salle. Slap avait littéralement fondu devant la cheminée, allongé sur le flanc, il la suivait des yeux sans broncher. Elle désirait parler avec quelqu'un, une personne objective. Ses amis, sa famille lui diraient à coup sûr « Mais ma chérie, n'hésite pas, vends ce tableau ! Tu vas pouvoir réaliser tout ce que tu as toujours souhaité : t'installer ou tu voudras, avec qui tu voudras, faire ce que tu voudras... » Et c'était bien ce qu'elle pensait un peu au fond d'elle-même. Pourtant, une autre petite voix lui disait, non. « Non, tu ne vas pas te contenter d'une reproduction ! Non tu ne vas pas te défaire de ce tableau ! Pourquoi ? Par affection ? Par superstition ? Vendre serait une trahison ! Vendre ! » Il suffirait de se mentir, de faire semblant de ne pas être attachée au plus profond d'elle-même à cette peinture... Et paf ! Le gros lot ! L'argent tomberait soudainement du ciel et tout s'arrangerait, comme ça, sans effort... Mais non, ça ne pouvait pas marcher puisqu'elle était viscéralement attachée à sa Kelpie ! Et puis elle avait si mal ! David lui manquait tellement ! Elle n'était pas dans son état normal, elle était incapable de réfléchir. Pas moyen de l'oublier ! David ! David ! David !

Julia se jeta sur le téléphone.

— Qu'est-ce que tu fais ?

— Euh... Là, je jouais de la guitare avec deux copains.

— Ah... Alors tu ne peux pas venir ?

— Si, si... Y a pas de problème...

— Bon je t'attends... Fais attention à toi... Sois prudent !

— Je suis heureux d'entendre ta voix !

— Moi aussi ! Je t'attends !

David arriva et elle vécut bien plus que la scène rose bonbon imaginée à son retour de voyage. Un bonheur à l'état pur, qui irradiait sa chaleur en braises rougeoyantes dans tout son être. Ils s'étreignirent en silence, si fort qu'elle crut étouffer. Lorsqu'ils eurent échangé sans un mot toutes les émotions qui les consumaient, David ébouriffa ses cheveux et la fit tournoyer en la décollant de terre, puis ils se dévorèrent de baisers et glissèrent sur le sol. Slap les piétinait en remuant son panache, il gémissait, envoyant de grands coups de langue partout. Il voulait partager la folie de ses maîtres qui ne s'intéressaient pas à lui. Ils montèrent à l'étage et firent l'amour doucement, tendrement. Aux environs de minuit, ils descendirent pour grignoter quelque chose, Slap sortit de son panier, mendiant distraitement quelques caresses tout en s'étirant. David attisa le feu, avant de s'asseoir sur le canapé. Julia le rejoignit avec un plateau sur lequel elle avait posé deux verres de vin, du pain, du jambon et du fromage. Elle se blottit contre David, étira une couverture sur leurs jambes et posa le plateau par-dessus.

— Lorsque je suis venu cet après-midi et que j'ai vu la maison fermée j'ai eu très peur que tu sois repartie pour toujours !

— J'étais à Montpellier. Il est arrivé quelque chose de... quelque chose de spécial... Je ne sais pas si c'est un bien ou un mal...

— Tu m'inquiètes. Tu ne veux pas me raconter ?

— Si, si, justement, j'ai besoin d'un conseil...

— Vas-y, si je peux t'aider...

— Figure-toi que le conservateur du musée de Roubaix, le patron de Marion, M. Ventura, m'a rendu visite. Il a vu la couverture de notre CD, et il a tout de suite pensé qu'il s'agissait d'un tableau de maître. Je dois te préciser que monsieur Ventura prépare une exposition célébrant le centenaire de la mort de Duncan Scott pour le mois d'avril, il était excité comme une puce ! Aujourd'hui nous nous sommes rendus à Montpellier pour une expertise. C'est un tableau de Duncan Scott ! Je t'avoue que je ne connaissais pas ce peintre jusqu'à aujourd'hui, mais il paraît qu'il est très coté et que cette toile vaut une fortune...

— Combien ?

— Au moins deux cent mille...

— Et ?

— Et si je m'en séparais je quitterais la banque, et resterais avec toi, ici... Mais c'est comme si je trahissais une amitié...

Elle lui tendit le livre ouvert à la photographie d'Aileas Callaghan.

— Ce n'est pas tout, regarde, c'est la même femme ! Elle était la maîtresse de Scott. Elle a failli mourir de chagrin lorsqu'il l'a quittée, et pourtant il lui a rendu hommage si longtemps après ! Apparemment sans l'avoir jamais revue... Et puis il y a autre chose, l'époux d'Aileas a sombré dans la dépression après son décès, et il est mort noyé !

— Eh bien, quelle histoire ! Mais qu'est-ce que tu attends de moi ?

— J'ai besoin que tu m'aides à prendre une décision !

— Ne compte pas sur moi... Évidemment je serais tenté de te dire que c'est une occasion fantastique, mais je sais à quel point tu y tiens à ta Kelpie ! Je ne te pousserai pas à la vendre. On trouvera une autre solution, on n'a pas besoin de gagner au loto pour s'en sortir ! Je pense pourtant que tu ne peux pas faire l'autruche... Je doute que ton conservateur tienne en place sans te relancer. Tu imagines ce que ça représente pour lui ! Il vient de mettre à jour le tableau méconnu d'un peintre célèbre, tu crois qu'il ne reviendra pas à la charge ? Et les experts qui l'ont vu, tu crois qu'ils ne parleront pas ? Tu as un problème sur les bras à présent. Trop de gens sont dans la confidence !

— Mais qu'est-ce que je peux faire ?

— Il faut au moins l'assurer... ou alors, rien ne t'interdit de prêter ce tableau à un musée, il bénéficiera de leur assurance et sera toujours plus en sécurité que dans cette maison, en plus il sera dans de meilleures conditions de conservation. Bien sûr, si tu décides de faire ça, tu ne l'auras plus avec toi, mais si tu te le fais voler, ou s'il est détérioré ce sera bien pire ! Qu'est-ce que tu en penses ?

— Je pense que je n'arrive plus à réfléchir, il est deux heures du matin, allons dormir.

13

Même si le problème du tableau avait beaucoup énervé Julia, elle se coucha si heureuse d'avoir retrouvé David qu'elle parvint à s'endormir rapidement, submergée par la douce chaleur de ses bras enlacés autour d'elle. En revanche, elle se réveilla tôt, et David la trouva un peu plus tard, songeuse, assise devant la cheminée, un bol de thé refroidi entre les mains.

— Ça va ? Dis-moi, là, maintenant, tu penses à moi ou à ta Kelpie ?

— À la Kelpie...

— Ah bon, tu me rassures ! Vu ton expression, je me faisais du souci, je croyais qu'il s'agissait de moi...

— Je ne suis pas bien, je ne sais plus, je dois réfléchir... Je la trouve toujours aussi belle, mais aujourd'hui quelque chose s'est cassé entre elle et moi... Ce n'est plus un personnage imaginaire, c'est Aileas Callaghan. Ce n'est plus un peintre inconnu, c'est Duncan Scott, ce n'est plus une créature magique improbable, c'est une Kelpie qui accomplit son maléfice depuis l'au-delà...

— Euh, sur le dernier point tu y vas un peu fort ! Je ne te savais pas aussi superstitieuse...

— Tu as raison, ça doit être parce que je suis sous le choc. Mais quand même... J'ai peur que mes relations avec cette petite dame y perdent en naturel. Tu comprends, avant, je discutais le coup avec elle, en toute simplicité, je pouvais rêver en la regardant, imaginer ce que je voulais... lui prêter des sentiments ou des réactions qui me faisaient rire... à présent, elle a une carte d'identité, un passé, une histoire, une vie bien à elle ! Et encore on ne sait pas tout ! Par exemple, pourquoi est-elle restée méconnue tout ce temps ?

— Écoute, je n'ai aucune réponse à t'apporter, je n'ai qu'une suggestion à te faire : puisque nous sommes samedi, je te propose une petite virée en moto jusqu'à mon parc d'accro-branche.

Julia ouvrit la bouche pour protester, il la tira fermement par les poignets pour l'obliger à se lever.

— Je sais, je sais, tu détestes la simple idée de monter sur une moto ! Mais tu as besoin de t'aérer ! Je roulerai très doucement, tu t'accrocheras à moi, et tu verras... moi aussi, je suis magique... Hummm... Ton corps contre mon corps... Tu vas l'oublier ta Kelpie !

— Prétentieux ! D'abord je n'ai pas de casque !

— Détrompe-toi ma petite, j'en ai laissé un dans ma sacoche, dehors...

— Alors, tu avais prévu ton coup !?

— J'ai espéré que tu voudrais bien faire connaissance avec mon domaine...

Julia partit se préparer en souriant et maugréant à la fois. Le parc se trouvait à une vingtaine de kilomètres. David roulait prudemment. Elle s'accrochait à lui en toute confiance, le ventre et la poitrine collés contre le dos de son amant. Elle riait sous son casque en repensant à ses paroles : « moi aussi, je suis magique... » C'était vrai, d'ailleurs elle n'avait même pas peur, bien que la route dessinât de nombreux lacets.

L'air était presque chaud ce jour-là. Ils se promenèrent longtemps dans les bois paisibles, traversés par les rayons de soleil d'une saison toute neuve. La lumière et la douce chaleur éclaboussaient les recoins faisant naître çà et là les petites primevères sauvages, des bouquets bleus de muscaris, et les timides œillets roses aux longues tiges frêles. Les buis revigorés embaumaient de leur fragrance végétale si spécifique et pourtant indéfinissable.

David, moins sensible que Julia à cette renaissance, lui expliqua les installations, les filins, les poulies, les tyroliennes, les difficultés de parcours, les conditions de sécurité... Attentive et sérieuse, elle l'écoutait, lui posait des questions, quand soudain, il lui fit un croche-pied, la culbuta dans la mousse et l'embrassa en l'écrasant de tout son poids. Elle se débattait en pouffant, puis elle s'abandonna, enlaça ses bras autour du cou de David et ils échangèrent un véritable baiser. Un bruit de feuillage qu'on agite, suivi d'un grognement brisa le silence : le maître des lieux, un sanglier massif, les observait. Refroidis dans leurs ébats, ils roulèrent aussitôt sur le ventre. D'instinct Julia tenta de se redresser pour déguerpir, David emprisonna sa main, sans un mot, et la força à rester allongée. La bête, effrayante de puissance les regardait de ses petits yeux brillants, jamais Julia n'avait vu de sanglier d'aussi près ! Le cœur battant de terreur, elle détaillait ses poils bruns, rêches, la boue collée sur ses flancs, ses pattes plantées dans le sol, son large poitrail, ses petites oreilles pointues et rigides, son groin humide et mobile, ses grès effilés qui dépassaient comme les défenses d'un éléphant... C'était un animal terrifiant par la taille, la force, et la détermination. Ils reculèrent en rampant très doucement sur plusieurs mètres, sans le quitter du regard puis quand ils se trouvèrent à distance respectable, David lui fit signe de se lever, ils se remirent sur pied et détalèrent en courant comme des fous. Lorsqu'ils revinrent au mazet, Julia ne tarissait pas de commentaires sur sa virée dominicale, et la Kelpie avait cessé de lui dévorer l'esprit.

Les jours suivants, elle guetta vainement le passage du facteur. Elle espérait recevoir le rapport d'expertise du tableau. Il lui semblait que ces quelques feuilles de papier l'aideraient à voir plus clair et à prendre une décision. En revanche, elle reçut, le même jour, à trois reprises, des coups de téléphone anonymes. L'appareil sonnait et personne ne répondait. Elle rappela mais personne ne décrocha. David se voulut confiant, c'étaient probablement des gosses qui s'amusaient, il lui conseilla de porter plainte si cela perdurait, et il s'installa avec elle pour la rassurer.

Une semaine plus tard, alors que Julia rentrait de sa virée hebdomadaire au supermarché, elle eut la désagréable surprise de trouver un 4x4 stationné dans le pré, à l'endroit où elle garait habituellement sa propre voiture. David n'était pas là, elle eut peur. Elle se mit aux aguets, derrière la petite lucarne, au-dessus du canapé. De là, elle pouvait observer les voitures. Au bout d'un long moment, deux hommes en tenue de sport apparurent. Leur façon de jeter des regards circulaires sur la maison et les environs lui déplut. Le chien qui avait entendu les voix gronda sourdement, mais ils remontèrent rapidement dans leur véhicule sans chercher à s'approcher de la maison. Le soir, elle raconta sa mésaventure à David.

— Il ne s'agit probablement que d'une coïncidence. Ces hommes sont certainement des spéléologues venus en repérage. Mais si tu as trop peur, tu peux venir habiter chez moi quelque temps...

— Tu crois que je suis trop trouillarde ?

— Non, mais je pense que tu te mets trop de pression avec cette histoire de Kelpie. En d'autres circonstances tu ne te serais jamais inquiétée comme ça, mais bon... après tout, on n'est jamais trop prudent... Ce tableau n'est plus secret, alors autant éviter de prendre le moindre risque... Et puis tu sais, j'adore le mazet, mais il faut bien reconnaître que l'hiver est assez compliqué ici. Chez moi, on n'est pas obligé d'enfiler une doudoune et des bottes pour aller pisser, ton cher téléphone portable trouve le réseau sans problème, et il suffit d'appuyer sur un bouton pour chauffer la maison...

Se ralliant aux arguments de David, Julia emporta Slap, sa guitare et la Kelpie, et partit vivre chez lui jusqu'au week-end suivant. Le vendredi soir, lorsqu'ils revinrent au mazet, tout était en ordre, et le rapport d'expertise se trouvait dans la boîte à lettres.

— Alors, C'est bien un Duncan Scott ?

— Ouais, sûr et certain, à cent pour cent.

— Qu'est-ce que tu vas faire ?

— Le donner.

David sursauta.

— Le donner ?!!! À qui ?!

— Au musée de M. Ventura, le musée de la Piscine, à Roubaix, comme ça, ma Kelpie sera au bord de l'eau...

— Si je peux me permettre, tu vas quand même renoncer à plus de 200 000 euros...

— Je sais. J'ai bien réfléchi. Je vais faire un contrat qui interdira que ce tableau soit vendu, soit reproduit, pas même en affiche ou carte postale, ni qu'il sorte du pays. C'est ma seule exigence. Ce tableau a eu une vie, je m'en suis trouvée dépositaire un temps, maintenant, sa présence me dépasse. Il m'a trop apporté, je ne peux pas le monnayer, je ne peux pas le protéger, je ne peux pas le partager. S'il se trouve dans un musée, il ne craindra plus rien, moi non plus d'ailleurs, et tout le monde pourra l'admirer.

— Excuse-moi d'insister, mais tu renonces à une fortune !

— Le jour où je l'ai acheté, je lui ai promis que je ne la vendrais jamais. Je ne me débarrasserai pas d'une personne pour de l'argent, c'est pareil...

— OK, ça ne se discute pas. Mais pourquoi interdire les reproductions ?

— Parce que j'ai décidé que j'en avais l'exclusivité au titre de membre du groupe « Blizzard ». C'est quand même grâce à notre CD qu'il a été identifié... Et puis je ne veux pas que l'on fasse n'importe quoi avec l'image de ma Kelpie, les publicistes seraient capables de l'utiliser pour vendre du gel douche !

— Tu as raison, c'est bien vu…

David s'approcha de Julia et la serra dans ses bras.

— Mon cœur, tu es un peu cinglée. Je ne connais personne, sans argent, qui file 200 000 euros à un musée ! Non, je ne connais personne comme toi… Tu as une sacrée classe dans ta folie, je t'adore !

Il la berçait en lui murmurant des mots doux, elle se dégagea un peu.

— Merci.

— Merci de quoi ?

— De me comprendre, de ne pas essayer de me faire changer d'avis. Il y a beaucoup de gens que ma décision et mes raisons auraient exaspérés.

— Non ça ne m'exaspère pas. Je respecte ta décision, elle n'appartient qu'à toi, comme la Kelpie… Je t'admire. Il faut être quelqu'un de grand, de fort, d'exceptionnel pour faire un choix pareil… Je vais devoir progresser, m'améliorer pour te mériter !

14

Julia contacta le cabinet de maître Landry à Montpellier. Cet homme, un ténor du barreau, choisissait toujours les affaires hyper médiatisées. Avec deux ou trois confrères parisiens et marseillais, il comptait parmi ces avocats que la France entière connaît pour les avoir vus et entendus à la télévision ; il était de ceux dont on se dit : « Avec lui, la partie est gagnée d'avance ! » Elle était prête à donner son tableau, mais elle n'aurait pas supporté qu'un point de droit lui échappe, et qu'un jour, une trahison, une entourloupe contourne sa volonté. « Nul n'est censé ignorer la loi » disaient les textes, mais pour jongler avec le fatras juridique au jargon hermétique, il lui fallait un juriste de haute volée. Elle exposa brièvement les faits à la secrétaire qui la rappela dans l'heure pour lui fixer un rendez-vous deux jours plus tard. On était le trois mars, Julia souhaitait aller vite, pour faire la surprise à M. Ventura et lui offrir la Kelpie avant le début de l'exposition.

— Qu'est-ce que tu fabriques ?

Julia poursuivit sans lever la tête. Le temps était toujours doux, mais le téméraire soleil de printemps avait laissé la place à une petite pluie fine qui constellait les fenêtres de minuscules gouttelettes. Installée devant la table de la cuisine, un tas de papiers sous les yeux et un stylo en main, Julia trop absorbée n'eut pas le moindre regard pour David.

— Je fais mes comptes. Je vis de mes rentes depuis six mois, et les honoraires de maître Landry doivent être salés. Je n'aime pas regarder fondre mes petites économies, ça me donne mauvaise conscience.

David posa la pomme dans laquelle il n'avait pas encore mordu.

— Tu diras peut-être que nous allons trop vite, mais j'ai un truc à te proposer.

Cette fois, Julia accrocha son stylo au coin d'une pochette cartonnée, et regarda David en croisant posément les bras.

— Ne sois pas si solennel. Je te fais peur ou quoi ? Lance-toi, je t'écoute !

— Par mon boulot, j'ai fait la connaissance d'un agent immobilier installé à Barjac. Je sais qu'il cherche quelqu'un pour tenir le bureau de l'agence, son employée actuelle va partir. Trente heures par semaine du mardi après-midi au samedi, 1400 euros net par mois. Ce n'est pas énorme, mais ça pourrait te permettre de voir si tu as envie de rester, si tu te sens assez costaud pour démissionner de la banque… Tu pourrais arrêter de louer le mazet et t'installer ici…

— Ben dis donc !… Et il t'a expliqué tout ça comme ça… Les horaires, les jours ouvrés, le salaire…

— Oh, ça va ! Moi au moins, je suis constructif ! Je cherche des solutions, mais peut-être que tu préfères t'en foutre !… Peut-être que tu souhaites attendre la dernière minute pour trouver un plan B, peut-être que tu t'éclates à passer des heures ratatinée devant ta cheminée à te fumer comme un jambon !…

Julia bondit sur ses pieds pour enlacer David.

— Ça va ! Je te fais marcher, et toi tu cours ! C'est merveilleux ce que tu me proposes ! J'en ai assez d'être oisive ! J'en ai assez de me geler au mazet ! J'en ai assez de me demander comment je vais m'en sortir ! J'en ai assez de t'attendre à longueur de journée !

Elle le berçait et sentait ses muscles se détendre peu à peu sous son étreinte. Du regard, elle embrassait le panorama qui s'offrait à elle depuis la baie vitrée : la terrasse couverte, bien ordonnée, un jardin rocailleux terminé par une petite piscine, au-delà, un champ de lavande encadré de chênes et de pins, plus loin, un horizon gris bleuté, un peu flouté par la brume… Il avait fait construire la maison après son divorce et l'habitait depuis deux ans seulement. Posée dans un décor paisible, elle était petite, confortable, parfaitement conçue. Caché derrière une haie, un bâtiment de taille modeste lui servait d'atelier. Il y entreposait les planches brutes, l'endroit sentait bon le bois frais. Elle adorait les lieux mais ne s'était jamais autorisée à s'y projeter, tout semblait évident à présent.

— Je suis tellement heureuse ! Je n'ai pas de mots… Merci !

David se dégagea en soupirant.

— Mouais, j'ai quand même été obligé de te traiter de jambon fumé pour que tu te décides à réagir ! Il faut vraiment que je te prenne en main dans tous les domaines… À tout à l'heure, même endroit, je te ferai bosser un solo de guitare sur lequel tu n'es vraiment pas au point, ma Lag contre ta Lowden, on verra qui est le meilleur de nous deux ! Celui qui perd est l'esclave de l'autre durant toute une journée… Qu'est-ce que tu vas souffrir !…

15

Des cheveux grisonnants en bataille, un regard bleu inquisiteur, un visage rond et glabre, maître Landry, dubitatif, assis derrière un coûteux bureau de bois rouge signé par un célèbre designer, regardait Julia. Il avait reculé son fauteuil, croisé les jambes et calé sa mâchoire contre son poing fermé. Redressant légèrement la tête, il articula en la fixant droit dans les yeux :

— Êtes-vous certaine de votre décision ?

— Oui, encore une fois oui ! J'ai bien retourné le problème dans tous les sens ! Comme je vous l'ai expliqué, je ne veux pas que cette œuvre parte dans une collection privée, je ne veux pas vivre avec la terreur de me faire agresser ou cambrioler à cause d'elle, et même si ça vous paraît étrange, j'ai un pacte moral avec ce tableau qui m'interdit de le vendre !

Julia se sentait un peu irritée. Au téléphone elle avait exposé la situation à sa famille et à ses amis, on l'avait traitée de folle. Denis et Nicole avaient employé les mots de « réaction immature », Hubert avait rigolé en ajoutant tout de même qu'elle mériterait d'être « placée sous tutelle », puis il lui avait passé Marion, elle seule l'avait soutenue : « T'as raison, fais comme tu as envie ! », mais d'après Julia, Marion avait parfois un pois chiche à la place du cerveau, elle disait souvent « amen » à tout sans jamais véritablement argumenter ses réponses...

Maître Landry griffonna quelques notes de plus d'une écriture en pattes de mouche sur la feuille blanche posée devant lui, puis il regroupa les pages éparses du rapport d'expertise et la photo du tableau.

— Il s'agit d'une donation, donc une opération sans contrepartie mais soumise à quelques conditions, rien de très compliqué, j'irai aussi vite que possible pour la rédaction de l'acte. Je me charge de contacter les services juridiques compétents, le ministère de la Culture, et le conservateur du musée de Roubaix. De votre côté, vous ne bougez pas. Restez aussi discrète que possible. Je pense que les choses seront bien lancées d'ici le 25 avril, mais sans doute pas finalisées, de toute façon c'est un événement qui va durer six mois... Je vous promets que d'ici là, le monde entier connaîtra la Kelpie !

— C'est dommage... J'avais très envie qu'elle bénéficie de l'hommage rendu à l'œuvre entière de Duncan Scott le jour de l'inauguration... Et, pour vos honoraires ?

— Oubliez mes honoraires pour l'instant ! Vu l'importance du cadeau que vous offrez, je veillerai à ce que le ministère de la Culture les prenne en charge. C'est un dossier insolite et pour une fois il ne s'agit pas d'une histoire sordide... S'il le faut, je me ferai un plaisir de m'en occuper gracieusement !

Voilà, c'était fait, la machine juridique s'ébranlait, le destin du tableau avançait, il ne lui appartenait plus. La page était tournée. Une nouvelle vie commençait, et Julia se sentait vide et triste. Ses pensées se confondaient, tourbillonnant sans cesse de David à la Kelpie. Aurait-elle eu la force de prendre cette décision si David n'avait pas été présent dans son existence ? Était-il raisonnable de s'appuyer autant sur cet homme ? Elle le savait d'expérience, avec les gens, rien n'était jamais sûr, les rapports humains s'avéraient toujours complexes, mouvants, fragiles, les gens se montraient changeants, ils pouvaient parfois vous décevoir... Soudain terriblement lucide, elle comprenait que son aventure amoureuse la plongeait dans une transe euphorique qui, sans doute, l'aveuglait... Elle venait de se débarrasser de la Kelpie source d'un plaisir toujours égal, mais peut-être lui avait-elle prêté trop de qualités ; pouvait-on qualifier ses états d'âme actuels pour un objet de « ridicules enfantillages » ?...

Elle s'attarda dans les rues de la ville, se reprochant de s'engager trop vite. Évidemment, elle aurait toujours la solution de se replier au mazet si les choses tournaient mal avec David, puisqu'il était loué pour un an, mais pour le reste, elle ne pouvait plus revenir en arrière ! Le froid lui piquait les joues, elle entra dans un bar afin de se réchauffer et commanda un thé. Installée sur la banquette de skaï rouge, elle conserva son écharpe et se débarrassa de son blouson. Elle épia les gens qui circulaient sur le trottoir, de l'autre côté de la vitrine, puis elle reporta son attention sur des étudiants qui plaisantaient deux tables plus loin. Ils étaient frais, insouciants, ils avaient la vie devant eux, tous les choix s'offraient à eux, toutes les erreurs aussi...

Accrochée tout en haut d'un mur, une gigantesque télévision à écran plat diffusait des clips. La voix de John Lennon s'éleva au-dessus de la salle, susurrant « I looove youuuu... » Peu à peu, la chanson atteignit le cœur et l'esprit de Julia. La jeunesse ne préservait pas de la désillusion, la route se parsemait de bonheurs et de désenchantements... Comme le disait souvent David, la prise de risque était le seul moyen d'aller de l'avant, regarder en arrière, trembler de peur, ne servait à rien, cela empêchait seulement de vivre ! La chanson se terminait, Julia se sentait un peu apaisée. Tout à l'heure, elle écouterait Lennon dans les bras de David ! Réconfortée, elle reprit sa voiture au parking et quitta rapidement Montpellier.

16

Monsieur Ventura ne savait plus quelle cravate choisir. Il avait rendez-vous au ministère de la Culture, en fin de matinée, et souhaitait paraître à son avantage. Quelle aventure incroyable ! Au plus fort de son délire, il avait imaginé que cette Julia Lavigne accepterait peut-être de lui prêter la toile, le temps de l'exposition. Ainsi, en plus d'avoir le plaisir de révéler l'œuvre au public, il récolterait les lauriers de sa découverte, car il était, selon le terme consacré, « l'inventeur » du tableau. Mais pas une seconde il n'aurait imaginé que cette fille puisse en faire donation ! Qui était-elle pour commettre une folie pareille ? Une riche héritière ? Une voleuse mythomane ? Non, rien de tout cela. D'après ce qu'il pouvait savoir, puisqu'on avait demandé en haut lieu une enquête sur cette femme, elle n'était rien de plus qu'une petite employée de banque, moyennement appréciée de ses supérieurs à cause de son esprit légèrement rebelle. Suite à un divorce, elle s'était accordée une année sabbatique qu'elle passait dans le Gard, s'occupant à son hobby favori : la musique, elle jouait d'ailleurs de la guitare avec un groupe d'amis. La jeune femme avait acquis le tableau chez un brocanteur parisien, identifié depuis, lequel avait lui-même acheté l'œuvre à une jeune Italienne, morte d'overdose quelques heures après la transaction. Julia Lavigne ne cachait pas de secret et on ne pouvait pas remonter plus loin le parcours de l'œuvre.

Le conservateur ne savait que penser de la généreuse donatrice pour laquelle il éprouvait cependant une certaine sympathie. Elle avait sans doute choisi la solution du don par idéal, et il était navré qu'on lui manque de respect en fouillant dans sa vie privée. Cette fille paraissait forte et fragile à la fois, elle donnait envie qu'on la protège... Tout en s'observant devant le gigantesque miroir biseauté, aux contours dorés, fixé au mur de sa chambre, il secoua la tête pour chasser ses pensées, refusant de s'appesantir sur la mesquinerie humaine. Cette Julia lui offrait un tremplin vers la notoriété, une promotion probable et peut être une médaille !... Il n'avait pas eu l'occasion de lui parler depuis qu'on l'avait informé de sa décision, il la reverrait aujourd'hui, accompagnée de son avocat, pour la signature de l'acte définitif de donation et la remise de l'œuvre dans les salons d'un prestigieux hôtel parisien. Tout était prévu, orchestré, même l'emplacement où serait accrochée la Kelpie était préparé avec tout le faisceau de protection infrarouge qui la préserverait d'une tentative de vol.

Depuis leur arrivée à Paris, les jeunes gens installés pour quatre nuits aux frais de la République française dans un grand hôtel de la capitale goûtaient au luxe de leur séjour. Ils avaient concédé un détour par la banlieue pour confier Slap aux parents de Julia et présenter David. En arrivant au Palais-Royal, rue de Valois, Julia serrait très fort la main de David. Intimidée par les lieux, la présence de son compagnon lui donnait la force d'avancer. Maître Landry marchait à leurs côtés, un dossier sous le bras.

— Ça y est, vous allez officialiser !... N'ayez pas le trac, surtout n'oubliez jamais : ce sont eux qui vous doivent quelque chose, pas vous !

— Je sais tout ça ! N'empêche, je me serais volontiers passée de tout ce protocole ! Je me serais contentée de remettre le tableau à M. Ventura en personne... Même si je me trompe, il a quelque chose d'agréable, alors que les élus, les ministres, les représentants du pouvoir... Tout ce beau monde, tous ces champions des beaux discours et des gros scandales ne m'inspirent que de la méfiance !...

— Calme-toi mon ange ! Tu ne vas pas attaquer le chapitre des revendications, ou alors on fait demi-tour, et je ne veux plus jamais entendre parler de ton foutu tableau !

Vexée, Julia se tut. Une fois de plus, David avait raison ! Elle se cabrait comme une adolescente au lieu d'assumer simplement sa décision. Introduits par un huissier, ils pénétrèrent dans un salon où les attendaient un greffier, un avocat représentant le ministère, monsieur Ventura, et le ministre de la Culture. Ce dernier, rompu à l'affabilité mondaine des hautes sphères invita les personnes présentes à passer dans un bureau contigu ; cependant il retint quelques instants Julia avec laquelle il souhaitait s'entretenir en privé.

Après la lecture et la signature de l'acte ainsi que les congratulations de rigueur le couple monta dans une voiture du cortège officiel qui les reconduisait à l'hôtel pour la remise du tableau. Des motards ouvraient la route, encadrant leur voiture, celle du conservateur et du ministre ainsi que le fourgon blindé chargé d'acheminer la Kelpie.

David regarda Julia d'un air soupçonneux.

— Alors, qu'est-ce que le ministre avait à te dire ?

— Rien, je t'assure... rien d'important...

— Il sait drôlement bien parler aux femmes ce type. Je t'ai trouvée très détendue après votre petite conversation... Cinq minutes avant de le rencontrer tu étais prête à nous refaire 1789, et juste après, tu étais tout sourire, tu l'aurais presque invité à boire un verre au mazet !...

— Mais non, qu'est-ce que tu imagines ?!

Elle éclata de rire.

— Je suis libérée, c'est tout ! Nous allons profiter de Paris et de notre beau palace... Et... Je t'aime !...

— Ouais, c'est ça, prends-moi pour une andouille !...

Elle ébouriffa ses cheveux, comme s'il n'était qu'un gamin bougon.

— Allez ! Respire ! Profite ! Tu n'as jamais parcouru Paris en limousine avec chauffeur et motards, c'est pas le moment de faire la gueule ! Regarde ce beau soleil, on dirait qu'il brille rien que pour nous !

Julia livra le tableau sans trop s'attarder, le temps des questions était révolu. Invitée d'honneur à l'inauguration de l'exposition « Duncan Scott » au musée de la Piscine, elle le reverrait le surlendemain. Efficace, maître Landry avait bouclé le dossier juste à temps !

Ils profitèrent de la plus belle ville du monde offerte à eux dans tous ses clichés, découvrirent la ville de nuit, à bord d'une péniche, firent passionnément l'amour dans leur splendide chambre, commandèrent du champagne à deux heures du matin et le savourèrent dans un bain brûlant, puis ils s'enveloppèrent dans les gros peignoirs blancs de l'hôtel et s'endormirent vautrés sur la couette en écoutant de la musique, leurs corps entremêlés comme les chiots d'une même portée.

Le 25 avril au matin une voiture les conduisit à Roubaix. Outre le ministre et le conservateur, des personnalités de tous horizons étaient là, ainsi que la télévision, les journalistes et les photographes de nombreux magazines qui les mitraillaient du flash de leurs appareils. David et Julia formaient un très joli couple. Ils s'étaient vêtus avec soin pour la circonstance. Lui, habillé d'un costume Kenzo ressemblait à l'un de ces beaux mâles dont on utilise l'image pour vendre des parfums. Elle, chaussée de cuissardes hors de prix, cordonnées à une robe extrêmement courte, enfilée sous un léger manteau signé Vivienne Westwood, affichait une allure à la fois sexy, élégante, et décontractée, fidèle à son style. Elle ressemblait à l'actrice Anne Hathaway, si ce n'était ses cheveux légèrement plus clairs. Les doigts enlacés ils écoutèrent le discours de M. Ventura puis découvrirent la Kelpie sous laquelle était fixée une plaque qui mentionnait :

« *The Kelpie*

Duncan Scott

Œuvre offerte en 2010 par madame Julia Lavigne »

Julia contempla le tableau, identique et pourtant différent, comme s'il s'agissait d'une vieille connaissance avec laquelle elle aurait pris quelque distance. Elle avait hâte de retourner sur Paris, mais elle dut patienter et attendre que M. Ventura en ait terminé avec les journalistes pour le saluer une dernière fois.

Enfoncée dans la moelleuse banquette de la voiture qui les ramenait jusqu'à la capitale, Julia regardait sans cesse sa montre. David posa une main sur sa cuisse.

— C'est fini, tu peux souffler à présent. Il nous reste une nuit à Paris, nous allons en profiter. Je vais demander au chauffeur de nous laisser devant un petit restaurant recommandé dans le guide...

Julia s'agita sur les coussins.

— Je préférerais que nous allions d'abord à l'hôtel, je voudrais voir le journal de vingt heures.

David l'observa, interrogateur ;

— Pour quoi faire ?

— Bon, tu me promets de ne pas te moquer de moi ?

— Ch'sais pas. Raconte...

— L'autre jour, le ministre m'a confié qu'il avait eu la curiosité d'écouter notre CD ; l'ayant apprécié, il m'a demandé l'autorisation d'en parler à la télévision. Il pense que ça pourrait peut-être nous donner un coup de pouce...

David commençait déjà à ébaucher un sourire narquois.

— Ça va ! Je savais que tu me ridiculiserais ! Accepter cette proposition n'est pas une démarche digne des idées que je défends, c'est pour ça que je ne souhaitais pas te raconter ma petite conversation... Mais zut ! J'ai déjà fait preuve de beaucoup d'intégrité, je ne lui avais rien demandé, c'est lui qui me l'a proposé, je n'ai pas vendu mon âme ! Je...

— Oh là, on se calme ! Je n'ai rien dit, mais... pour une révolutionnaire, tu lui manges bien vite dans la main...

Julia ne riait plus. Elle était vraiment en colère. La rage faisait battre une petite veine sur sa tempe. Jamais David ne l'avait vue dans cet état.

— T'es vraiment nul ! J'ai offert plus que je n'aurai jamais, et tu ne me consens pas la moindre petite compensation... J'en ai marre de devoir me justifier tout le temps !

Elle repoussa rageusement la main de David qui reposait toujours sur son genou. David changea d'expression à son tour. Son visage devint froid et dur.

— Je regrette ton manque d'humour et je me demande pourquoi tu m'as traîné jusqu'ici. Si c'était juste une affaire de figuration, c'est bon, j'ai terminé mon service, tu n'as plus besoin de moi. Je t'abandonne avec plaisir à ton cher journal télévisé, moi j'ai de meilleurs projets pour la soirée.

Il demanda au chauffeur de l'arrêter à une station de métro et descendit sans un regard pour Julia.

17

Assise sur le bord du lit, la télécommande posée à côté d'elle, se rongeant le pouce de la main gauche, Julia attendait la fin du vingt heures. La journaliste avait annoncé : « ... Et puis nous évoquerons avec Pierre Lazure, ministre de la Culture, présent sur le plateau, l'exposition consacrée à Duncan Scott, qui a ouvert ses portes en avant-première aujourd'hui même au musée de Roubaix, il nous racontera l'histoire étonnante de l'un des tableaux présentés... » Julia avait prévenu ses copains du groupe. À cette heure-là, ils devaient être aussi impatients qu'elle, sauf qu'eux prenaient probablement l'apéritif en rigolant, alors qu'elle était en train de se dévorer les doigts en ruminant à propos de David !

Après un reportage sur la bande de Gaza, un autre sur la gestion de la crise économique, et encore un autre sur les sans-abri, suivi à son tour d'une chronique concernant le sort de journalistes, otages, quelque part dans le monde, et pour finir, l'interview de parents adoptants mécontents des lenteurs administratives qui retardaient la livraison d'enfants commandés comme des articles de vente par correspondance, le grand moment arriva enfin. Pierre Lazure expliqua l'intérêt de l'œuvre de Duncan Scott, le travail nécessaire à la préparation de l'exposition, puis il en arriva au récit de l'incroyable découverte et de la donation inattendue du tableau devenu soudain la pièce maîtresse de la rétrospective.

La journaliste blonde prit une expression passionnée :

— Est-il vrai que la généreuse donatrice a offert ce tableau à la condition expresse qu'il ne soit pas reproduit ?

Le ministre de la Culture, souriant et amusé confirma.

— Tout à fait. Si vous voulez voir cette œuvre vous devrez vous rendre au musée où elle est exposée. J'ai cependant, ce soir, l'autorisation de vous la montrer, telle qu'elle a été repérée par le conservateur du musée de Roubaix, puisque j'ai amené avec moi un exemplaire du fameux disque dont elle orne le boîtier... Je dois ajouter que si la découverte de ce tableau grâce à la couverture de l'album du groupe Blizzard est une révélation, le contenu est lui aussi digne d'intérêt...

La caméra fit un gros plan sur l'objet. On voyait très bien la Kelpie, mais aussi le nom du groupe et celui de l'album. Pierre Lazure avait tenu parole ! C'était un peu comme jeter une bouteille à la mer, mais bon, c'était bien tenté tout de même... Julia éteignit la télévision après les dernières paroles du ministre. Et maintenant ? Maintenant il était huit heures et demie, elle n'était pas plus avancée et au lieu de passer un moment agréable avec David, elle était seule dans sa chambre d'hôtel.

Son téléphone portable sonna, Denis avait suivi le journal, il exultait :

— Tu t'es drôlement bien débrouillée ! Ce soir, tu aurais pu venir avec nous, tout de même, on aurait suivi le journal ensemble !... Tu ne dis rien, ça ne va pas ? Tu veux que je te passe Marion, elle est trop contente !

— Si !... Non... ça ne va pas fort... J'ai pas envie de parler...

— Tu veux venir passer un moment à la maison ?

— Non merci. Tu es gentil Denis, mais je dois réparer une bêtise ici. Bonsoir.

Julia raccrocha et se lamenta sur l'absence de David. Pourquoi s'était-elle montrée si agressive ? Comment survivrait-elle s'il la quittait ? Où était-il ?

§§§

Non loin de là, installé dans une brasserie, David dégustait une deuxième bière. Cette fille avait parfois un caractère de chien tout de même ! Il avait accepté tout le petit programme imposé ! De la visite aux parents, jusqu'à la parade en costume dans un musée, à l'autre bout du pays, sans parler des ronds de jambe au ministère de la Culture... Et pourtant Julia n'avait pas daigné l'informer de cette histoire de journal télévisé et prenait la mouche quand il voulait plaisanter un peu... merde ! Il ne lui passerait pas toujours tous ses caprices !... Oui, d'accord, dans ce voyage, ils partageaient aussi du bon. L'expérience sortait des sentiers battus, et puis la virée à Paris dans un hôtel de luxe, tous frais payés c'était pas mal non plus... Vrai aussi qu'il avait fait l'imbécile déjà une fois, suffisamment pour passer à deux doigts du désastre et qu'il en avait drôlement souffert... Elle de son côté, avait montré assez d'intelligence et d'amour pour pardonner... Elle était plutôt facile à vivre au fond, elle avançait avec une douce vitalité, se montrait rarement de mauvaise humeur ; il ne pouvait pas se passer de leur complicité, de sa compagnie, de la brillance de son rire qui embellissait son quotidien. Il n'avait aucun problème avec les femmes, mais ça faisait longtemps qu'il n'en avait pas rencontré une qui lui donne envie de partager sa vie... Non, il ne la perdrait pas encore une fois !

Julia entendit bouger la poignée de la porte, c'était David qui rentrait. Elle se jeta à son cou.

— Je te demande pardon. J'ai été infernale !

— Ouais, c'est déjà bien de le reconnaître ! J'ai suivi le journal dans une brasserie au bout de la rue... Il a mis le paquet, ton ministre...

— On n'en parle plus, d'accord ? Tu m'emmènes dîner ?

— Ok, ok... mais je pense à un truc... Si on te demande de tourner un clip, en plus de rembourrer ton soutien-gorge... faudra améliorer ton caractère, parce que le metteur en scène ne sera sûrement pas aussi sympa que moi !

Julia secoua la tête en souriant, elle attrapa David par le bras et ils sortirent à la recherche d'un restaurant.

18

La vie reprit son cours. Julia rencontra enfin les enfants de David, deux adolescents à l'esprit ouvert, qui l'acceptèrent sans difficulté. Elle débuta sa formation en doublon avec la secrétaire de l'agence immobilière de Barjac, un travail plaisant, beaucoup moins pesant que celui d'employée de banque. Terminé la hiérarchie hypocrite ! Elle serait autonome, ne rendrait de comptes qu'à son patron. D'ailleurs, elle s'entendait bien avec lui. David commençait à trier les commandes d'ébénisterie, il avait moins de temps à consacrer au travail du bois. On attaquait le printemps. Les installations du parc d'accro-branche devaient être vérifiées pour satisfaire au contrôle des inspecteurs de sécurité, et du personnel recruté pour débuter la saison sans problème. Chaque jour Julia se promenait sur les sites internet afin de consulter la progression des ventes de CD. Après l'interview du ministre, certains internautes s'étaient passionnés pour l'histoire de ce disque et avaient acheté un exemplaire. Julia laissait les membres du groupe s'occuper de gérer les commandes et les ventes. On éditait les disques à la demande, trois cent cinquante étaient déjà écoulés, beaucoup plus qu'ils n'avaient espéré dans leur période la plus réaliste ! Mais cela demeurait ridiculement faible pour leur apporter fortune et notoriété.

Julia s'étira. Elle venait de passer un long moment à lire les mails des internautes sur le site de Blizzard installé par Hubert. Les plus grincheux attribuaient de mauvaises appréciations, trouvant le disque banal ou alors trop folk, en revanche d'autres considéraient qu'il constituait une agréable musique d'ambiance. Parmi les critiques les plus élogieuses certains comparaient Blizzard à des formations célèbres. Les questions visaient le chant ou alors tel ou tel instrument ; mues par la curiosité, certaines interrogations plus personnelles concernaient entre autres la fameuse Kelpie. Dans l'ensemble, les messages étaient amicaux, et enthousiastes, Julia répondait avec plaisir à son public, particulièrement à propos du morceau Water's Spirit qui faisait l'unanimité chez l'ensemble des amateurs.

— Tu écris à tes fans ?

— Ben oui ! Je ne peux pas les décevoir... je demeure modeste, malgré ma gloire...

— C'est ça, ironise ! Qu'est-ce que tu ferais, si d'un seul coup tu devenais célèbre et tu ramassais plein d'argent avec ta musique ?

— Muuuum... Ch'sais pas... J'achèterais le mazet, tiens ! J'aime bien y retourner quand il fait beau, et calme, je m'y sens bien, et comme ça, quand on se dispute, je pourrais faire la gueule dans mon coin...

— Et quoi d'autre ?

— Ben... Je t'offrirais une super guitare, fabriquée rien que pour toi, une Gibson ou une Fender ou celle que tu choisirais et je te demanderais de jouer dans mon groupe, parce que tu es bien meilleur que moi !

— C'est gentil ce que tu viens de dire... Mais je suis trop bon pour vous... Et quoi d'autre ?

Julia haussa les épaules et ignora la provocation.

— Peut-être une nouvelle voiture, des jolies fringues, quelques voyages... On pourrait aller aux États-Unis voir les cow-boys, j'aime bien les cow-boys...

— Et puis ?

— Et puis et puis... J'en sais rien moi ! De toute façon la question ne se pose pas ! Ma musique n'a pas produit un raz-de-marée... Elle m'a juste offert un joli moment... La seule chose importante, c'est que je vive ici avec toi !... Bon, bien sûr, avec du fric, on aurait plus de facilités pour tout, plus de temps pour la création, pour l'évasion... Mais tout ça, c'est du domaine du rêve !...

— Pas sûr...

— Qu'est-ce que tu veux dire ?

David tendit à Julia un morceau de papier sur lequel il avait inscrit les coordonnées d'une grosse société de téléphonie. Elle le regarda, interrogatrice :

— Quoi ? Il y a quelque chose qu'on a oublié de payer ?

— Non, tu n'y es pas du tout. C'est le service communication de cette société qui cherche à te joindre. Tu dois les rappeler. Ils ont une offre à te faire, à propos du morceau Water's Spirit... Ils n'ont pas souhaité me donner plus de détails, c'est à toi qu'ils voulaient parler...

— Ne me dis pas que...

— Je ne te dis rien ! Appelle-les, tu verras bien !

D'un bond, Julia fut sur ses pieds. Elle courut s'enfermer dans le petit bureau, c'est ce qu'elle faisait toujours lorsqu'elle ne voulait pas être dérangée et être certaine de bien tout entendre. Elle ressortit quelques minutes plus tard et se jeta dans les bras de David, puis elle sautilla sur place comme une gamine survoltée.

— Yahououou ! On va être riches ! Ils me demandent le droit d'utiliser la chanson Water's Spirit pour un spot publicitaire. Ils vont choisir des vues très belles de nature sauvage, intacte, juste animée par une cascade, un troupeau de moutons sur la lande, un vieux berger avec son cleps sur les talons... Tu sais pour faire style : nous relions les hommes entre eux, mais nous respectons l'environnement, nous vous offrons un monde meilleur et préservé... et derrière, ils veulent ma musique ! Je gagne sur tous les plans tout d'abord en tant qu'auteur, compositeur et interprète je rafle une grande partie des droits, mais comme les gens vont entendre le morceau régulièrement pendant des semaines, ils vont l'aimer et voudront l'acheter ; il va donc être produit en single par une grande maison de disques, et là c'est tout le groupe qui va prendre des sous ! Ils vont nous contacter pour refaire l'enregistrement de ce passage ! Tu te rends compte !

David souriait en voyant Julia qui trépignait comme une fillette.

— Finalement, tu as obtenu ce que tu souhaitais en offrant la Kelpie... tu avais raison, elle était magique. Elle était peut-être comme un génie qui attend son heure pour exaucer le vœu d'une personne méritante.

— Je ne sais pas, je n'ai rien fait pour elle.

— Si. Tu n'as pas été avide, tu lui as donné la célébrité qu'elle aurait toujours dû connaître. Tu te souviens, quand tu as décidé de t'en séparer, tu m'as dit à propos de la fin tragique de l'époux du modèle « Elle a accompli son maléfice depuis l'au-delà », moi, je suis certain qu'il s'agissait seulement d'un banal accident, elle n'est pas mauvaise, elle est bienveillante... Elle est deux personnages à la fois : tout d'abord la Kelpie, tu as obéi à la légende, tu n'as pas cherché à la posséder... Et ensuite Aileas Callaghan, une jeune femme éprise de Duncan Scott ; d'une certaine façon, tu lui as permis de rejoindre officiellement et à jamais son grand amour...

— Tu as raison, d'ailleurs Aileas Callaghan aimait la musique, et c'est en regardant la toile que j'ai composé le morceau qui reçoit les honneurs aujourd'hui... C'est elle qui me l'a soufflé...

David attrapa Julia devenue songeuse par la taille.

— Bon, maintenant on arrête ce délire de médiums à la noix. Parlons plutôt des cow-boys, puisque nous irons bientôt les voir, ça ne me plaît pas beaucoup que tu t'intéresses à eux comme ça... Qu'est-ce qu'ils ont de plus que moi ?

Julia éclata de rire en serrant David dans ses bras, Slap gambadait autour d'eux, à cet instant, tous trois étaient heureux

REMERCIEMENTS

Je remercie les auteurs des nombreux sites internet consultés. Ils m'ont éclairée, entre autres, sur l'enfer de l'East End, la tragédie de Caen, le préraphaélisme, et bien d'autres thèmes encore.

J'ai pris quelques libertés, notamment : Portsoy ne dispose pas de falaises où s'abriter, et il n'y avait pas, à ma connaissance, de manufacture de porcelaine aux abords de Baker Street.

Le charmant village de Talnay existe bien, mais sous un autre nom. Ma famille et mes amis l'identifieront sans peine.

Le mazet, autrefois prêté à mes parents pour les week-ends et les vacances, demeure à tout jamais dans mes souvenirs comme un lieu enchanteur. Je suis très reconnaissante à l'oncle qui nous a révélé cet endroit et permis d'accéder à ce coin de paradis.